STUART MACBRIDE

Zwölf tödliche Gaben

GOLDMANN

Lesen erleben

Buch

Blutig, brillant, MacBride – der Meister mörderischer Spannung
beweist in zwölf Geschichten, dass das Verbrechen auch in den
Wochen vor dem Fest der Liebe keine Pause macht. Ganz im
Gegenteil … Kleinganoven, eiskalte Killer und ahnungslose Opfer
treffen im schottischen Oldcastle aufeinander, und die Polizei hat
schon bald alle Hände voll zu tun.

Weitere Informationen zu Stuart MacBride
und seinen Büchern
finden Sie am Ende der Geschichte
und unter www.stuartmacbride.com/en

Stuart MacBride

Zwölf tödliche Gaben

Zwölf kurze Weihnachtskrimis

Aus dem Englischen
von Andreas Jäger

GOLDMANN

Die Originalausgabe erschien 2011 unter dem Titel
»Twelve Days of Winter: Crime at Christmas«
als ePub bei HarperCollins, HarperCollins*Publishers*, London

Dieses Buch ist auch als E-Book erhältlich.

MIX
Papier aus verantwor-
tungsvollen Quellen
FSC® C014496

Verlagsgruppe Random House FSC® N001967

1. Auflage der gedruckten Ausgabe
November 2016
Deutsche Erstveröffentlichung
November 2013 als eBook
Copyright © der Originalausgabe 2011
by Stuart MacBride
Copyright © der deutschsprachigen Ausgabe 2013
by Wilhelm Goldmann Verlag, München,
in der Verlagsgruppe Random House GmbH
Umschlaggestaltung: UNO Werbeagentur, München
Umschlagmotiv: FinePic®, München
Redaktion: Eva Wagner
AB · Herstellung: Str.
Druck und Einband: GGP Media GmbH, Pößneck
Printed in Germany
ISBN: 978-3-442-48047-0
www.goldmann-verlag.de

Besuchen Sie den Goldmann Verlag im Netz

Für Al, Donna und Ed

Inhalt

The Twelve Days of Christmas:

On the first day of Christmas
My true love gave to me
A partridge in a pear tree

On the second day of Christmas
My true love gave to me
Two turtle doves

On the third day of Christmas
My true love gave to me
Three french hens

On the fourth day of Christmas
My true love gave to me
Four calling birds

On the fifth day of Christmas
My true love gave to me
Five golden rings

On the sixth day of Christmas
My true love gave to me
Six geese a-laying

On the seventh day of Christmas
My true love gave to me
Seven swans a-swimming

On the eighth day of Christmas
My true love gave to me
Eight maids a-milking

On the ninth day of Christmas
My true love gave to me
Nine ladies dancing

On the tenth day of Christmas
My true love gave to me
Ten lords a-leaping

On the eleventh day of Christmas
My true love gave to me
Eleven pipers piping

On the twelfth day of Christmas
My true love gave to me
Twelve drummers drumming

I.

Ein Rebhuhn in einem Birnbaum

Billy Partridge war nicht gerade der geborene Fassaden-kletterer, aber Dillon hatte ihm kaum eine Wahl gelassen. Entweder würde er den Bruch machen oder bis Donners-tag die dreizehntausend auftreiben ... oder sie würden ihm beide Beine brechen. Und die Alternative mit den Beinen verlor viel von ihrem Reiz, wenn man bedachte, dass sie seine Schulden bei Dillon ja nicht tilgte, sondern nur einen Zinsaufschub bedeutete. Zum 15. Januar wären nach wie vor dreizehntausend Pfund fällig.

Ächzend zog Billy sich noch ein Stück weiter den Baum hinauf. Seine XXL-Designerjeans war schon mit Moos und Erde verschmiert. Hätte er sich bloß nicht darauf verlassen, dass Twitch die verdammte Trittleiter mitbringen würde.

Twitch brauchte natürlich keine Trittleiter. Er war über die Grundstücksmauer geklettert wie ein Affe, und deshalb stellte die alte Eiche, die dicht vor dem Herrenhaus wuchs, auch kein großes Problem für ihn dar. Auch wenn sie über und über mit Hochleistungs-Weihnachtsbeleuchtung be-hangen war. Aber Twitch sah ja auch aus wie ein Haufen alter Kleiderbügel mit Haut drüber, denen man eine Röh-renjeans, ein Kapuzenshirt in Tarnfarben und eine Baseballkappe angezogen hatte. Kein Gramm überflüssiges Fett am ganzen Körper. Billy dagegen musste einen zweieinhalb Zentner schweren, asthmatischen Sportmuffel-Körper von Ast zu Ast hieven und keuchte jetzt schon, als ob seine Lunge jeden Moment explodieren müsste.

Endlich schaffte er es, zu Twitch auf den Ast zu klettern, der fast bis an eines der dunklen Fenster heranreichte. Billy klammerte sich an den Stamm, legte keuchend und schnaufend den Kopf an die Borke. »Ah … Ah, Mann … Scheiße …«

»Dachte schon, du nippelst mir hier ab«, meinte Twitch und versuchte zu zwinkern, was mit zwei blauen Panda-Augen und einer frisch gebrochenen Nase nicht gerade einfach war – Dillons freundliche »Ermahnung«, diesen Job doch möglichst nicht zu vermasseln.

»Ja, toll, hätt'st mir ja auch mal helfen können!«

Twitch lächelte. Seine Zähne schimmerten bräunlich im Schatten seiner Baseballkappe und der Kapuze. »Ich dachte, ein bisschen Sport würd' dir guttun.«

Billy brauchte keinen Sport, Billy brauchte einen Joint und eine Packung Jaffa-Cakes. Aber erst mal mussten sie da rein, sich das Bild schnappen und wieder verschwinden, ehe irgendwer die Polizei rufen konnte. Oder *die Hunde loslassen* – das passte eher zu dem Viertel hier.

Von hier oben im Baum konnte Billy die ganze Fletcher Road überblicken: protzige viktorianische Villen aus Sandstein, riesige Gärten, mit diskret schimmernden weißen Lichtern geschmückt. So etwas Ordinäres wie aufblasbare Weihnachtsmänner oder blinkende Schneemänner suchte man hier vergebens. Nein, hier wohnte das alte Geld von

Oldcastle. Mit herrlichem Blick auf den Kings River und die Bellows-Insel. Castle Hill war nichts für Typen wie Fat Billy Partridge und Andy McKay, genannt »Twitch«.

»Also, was ist?«, sagte Billy. »Zieh'n wir das jetzt durch oder nicht?«

»*Aye, aye*, immer mit der Ruhe.« Twitch zog ein Messer mit langer Klinge aus der Tasche, reckte den Oberkörper, um die Lücke zwischen Baum und Haus zu überbrücken, und pfriemelte die Spitze in den Spalt zwischen dem oberen und dem unteren Teil des Schiebefensters, ganz vorsichtig, um das Geräusch des splitternden Holzes auf ein Minimum zu reduzieren. Typisch für diese reichen Säcke: Für Isolierglasfenster waren sie dann doch zu knausrig. Billy und seine Mutter hausten in einer kleinen Doppelhaushälfte in einer Sozialsiedlung am Nordbahnhof, aber wenigstens hatten sie Isolierverglasung.

Twitch wackelte mit der Klinge hin und her, bis drinnen etwas *klick* machte. »Bingo.« Er grinste wieder. »Okay, bist du bereit?«

»Ich bin immer bereit.«

»Du meinst wohl ›immer breit‹.«

Billy starrte finster zu ihm hinauf. »Halt die Klappe.«

»Halt du doch die Klappe.«

»Oh Mann, echt …« Er packte den unteren Teil des Fensters und wuchtete ihn hoch, und das Kreischen von altem Holz auf Holz übertönte das Knirschen seiner Zähne.

Twitch applaudierte verhalten. »O mein Held, du bist ja so groß und *stark*!«

Billy dämpfte seine Stimme, versuchte zu knurren wie Clint Eastwood, was ihm aber gründlich misslang. »Willst du, dass wir erwischt werden? Willst du das? Willst du wieder in den Knast wandern? Nein?« Er gab dem sarkastischen Stinkstiefel einen kleinen Schubs. »Dann halt die Klappe und beweg deinen Arsch da rein.«

Twitch spitzte die Lippen. »Jetzt führ dich mal nicht so auf. Dillon hat gesagt, dass sie beide stocktaub sind …« Er schlüpfte hinein wie ein Schatten.

Billy atmete tief durch, sprach ein Stoßgebet und stieg dann über den gähnenden Abgrund hinweg ins Haus. Sah nicht nach unten. Stürzte nicht in den Tod. Machte sich nicht in die Hose.

Das Haus Fletcher Road Nummer sieben sah von außen durchaus wohlhabend und gepflegt aus, doch das muffig riechende Zimmer, in das er jetzt einstieg, war vollgestopft mit alten Kartons und Teekisten, deren Konturen sich im schwachen Schein der Weihnachtsbeleuchtung draußen im Garten abzeichneten, und –

EINEM MONSTER!

Billy hielt sich am Fensterbrett fest, sein Herz schien schier aus der Brust springen zu wollen. Sie würden sterben …

Nein – doch kein Monster; nur ein ausgewachsener ausgestopfter Schwarzbär, der mit bedenklicher Schlagseite an der Wand lehnte, neben einer Standuhr und einer Ritterrüstung. War das hier eine Geisterbahn oder was?

»Guck dir mal die an!« Twitch griff in eine Kiste und hielt zwei zueinanderpassende afrikanische Masken hoch, wie aus einer dieser Dokumentarsendungen im Fernsehen. »Die *müssen* doch ein paar Kröten wert sein.«

Billy riss sie seinem Kumpel aus der Hand, um sie wieder in die Kiste zu stopfen, aus der sie gekommen waren. »Red doch keinen Quark – alles hier drin ist wertloser Krempel. Wenn's anders wäre, würden sie's nicht in diesem Dreckloch aufbewahren.«

Er öffnete die Tür einen Spalt breit und spähte in den Flur hinaus. Dunkel und leer, verblasste Rechtecke an der Tapete, wo einmal Gemälde gehangen hatten. Keine Teppiche, keine Möbel. Aus den unteren Stockwerken fiel ein Lichtschein durchs Treppenhaus, und die Spitze eines riesigen Weihnachtsbaums reichte fast über die Balustrade hinaus. Geschmückt mit schimmernden weißen Lichtern – wie die Bäume im Garten – und behängt mit weinroten und goldenen Kugeln, Bändern und Girlanden. Ein bisschen protziger als das eins zwanzig hohe künstliche Teil mit dem rosa und blauen Lametta, das in Billys Wohnzimmer stand.

Irgendwo unter ihnen dröhnte *Britain's Next Big Star* aus einem Fernseher, während Billy und Twitch von Zimmer zu Zimmer schlichen.

Alles war leer und kahl und beinahe schäbig … bis auf das Zimmer direkt an der Treppe. Es war als Arbeitszimmer eingerichtet, die Wände mit Bücherregalen gesäumt, und gegenüber dem Fenster ein Schreibtisch mit einem teuer aussehenden Laptop und einem Farbdrucker. Twitch rieb sich die dürren Hände. »Zahltag!« Er griff sich den Laptop, raffte alle Kabel zusammen und wickelte sie um das Gerät, dann stopfte er es in ein Lederetui, das er neben dem Schreibtisch fand. »Der bringt *garantiert* ein paar hundert, drüben im *Monk and Casket*!« Er holte zu einem High-Five aus, doch Billy verfehlte seine Hand. Twitch schüttelte den Kopf und hängte sich die Tasche über die Schulter. »Wer zuletzt unten ist, ist eine fette Schwuchtel!«

Sie schlichen die Treppe zur mittleren Etage hinunter. Dieser Teil des Hauses sah schon etwas bewohnter aus: Teppiche, Sideboards, hier und da ein Tisch, gerahmte Fotos. Sechs Türen gingen vom Flur ab, und sie klapperten alle Zimmer systematisch ab, so geräuschlos wie möglich, auch wenn es sehr unwahrscheinlich war, dass irgendjemand bei dem lärmenden Fernseher dort unten irgendetwas hörte. Vier staubige Gästezimmer mit verblassten Tapeten, ein riesiges, kaltes Bad.

Billy öffnete behutsam die letzte Tür und spähte hinein. Offenbar das Elternschlafzimmer. Asthmatisches Schnarchen kam von einer großen Bettcouch, auf der eine weißhaarige Frau flach auf dem Rücken lag, eine Schlafmaske auf den Augen, gebettet in ein Nest aus Rüschenkissen.

Billy ließ den Blick über die Wände schweifen. Von dem Gemälde war nichts zu sehen.

Gut, dann weiter zum nächsten – »Hey!«

Twitch schob sich an ihm vorbei ins Zimmer. Billy schnappte nach seinem Ärmel, doch der kleine Mistkerl war schneller.

Billy verharrte auf der Schwelle, trat von einem Fuß auf den anderen und zischte: »Was soll das, ey? Komm sofort zurück!«

Aber Twitch hörte nicht auf ihn; er wühlte in den Schubladen der alten Dame, zog Schlüpfer und Stützstrümpfe heraus und ließ sie auf den dunklen Perserteppich fallen. »Sei still und behalt den Flur im Auge!«

»Die werden uns erwischen!«

»Du bist so ein fetter …« Twitch hielt inne und zog eine Holzkiste aus der unteren Schublade. Er klappte sie auf, und sein Grinsen wurde noch breiter. »Prächtig!« Er huschte zur Tür zurück und zeigte Billy den Inhalt.

»Ja leck mich …« Gold und Silber und Diamanten: Halsketten, Ringe und Ohrringe und ein paar Armbanduhren.

»Siehst du: Hör nur immer schön auf Onkel Twitch, dann geht's dir gut.« Er schloss die Tür und leckte sich die Lippen, während er auf dem Flur den Schmuck noch einmal genauer begutachtete. »Das hier wird uns Dillon 'ne Weile vom Leib halten! Wie wär's, wenn wir beide gleich von hier verschwinden, solange es so gut läuft?«

Billy blinzelte nervös. Sein Blick ging von dem funkelnden Geschmeide zu Twitchs zwei blauen Augen und seiner schiefen Nase. Dillons Anweisungen waren *absolut* unmissverständlich. »Er hat gesagt, wir müssen ihm das Bild bringen. Wenn nicht, bricht er uns die Beine!«

»Aber …«

»*Willst* du, dass er dir noch mal eine Abreibung verpasst?«

Twitch seufzte, dann klappte er den Deckel der Schatulle wieder zu. »Eher nicht …«

Billy straffte seine breiten Schultern. »Packen wir's …«

Auf Zehenspitzen schlichen sie die Stufen zum Erdgeschoss hinunter.

Die Eingangshalle wurde von diesem gewaltigen Weihnachtsbaum beherrscht, unter dem Berge von Geschenken lagen, eingewickelt in buntes Papier mit glänzenden Bändern und Schleifen. Man kam sich vor wie in einem Harry-Potter-Film. Billy konnte froh sein, wenn er dieses

Jahr von seiner Mum eine Schachtel Pralinen und ein paar Socken bekam. Und diese Typen kriegten Berge von Geschenken. War das vielleicht fair? Geschah dem reichen Sack nur recht, dass ihm sein ach so kostbares Gemälde geklaut wurde.

Billy wies Twitch an, sich hinter dem Baum zu verstecken und das Wohnzimmer im Auge zu behalten, während er sich die Zimmer im Erdgeschoss vornahm: Küche, Toilette, Ankleidezimmer, Sonnenzimmer, Wintergarten …

Das Bild war im Esszimmer. In der Mitte stand ein großer Tisch aus Teakholz mit einem Dutzend edel aussehender Stühle und Sideboards mit Geschirr und Tafelsilber. Eine Vitrine gegenüber der Tür beherbergte eine Sammlung von Kunstgegenständen: Porzellanterrier, Glasschwäne, Keramik-Clowns und ähnlicher Krimskrams. Einen Teil davon würde Billys Mama am Weihnachtstag unter ihrem billigen Plastikbaum finden. Grinsend griff Billy zu und begann die erlesensten Objekte in die Taschen seines Kapuzenshirts zu stopfen. Und dann war das Bild an der Reihe.

Dillon hatte ihnen eine Art übergroße Tasche dafür mitgegeben, die Billy jetzt auf dem Esstisch ausrollte. Dann richtete er die Taschenlampe auf das Gemälde. Und dann war es, als stünde die Zeit still.

Ein Birnbaum war in der Mitte des Bildes zu sehen, das etwa die Abmessungen eines Breitbildfernsehers hatte. Die Farbe der Blätter changierte von Zartgrün über Dunkelblau bis Lila, der Himmel erstrahlte im Schein der untergehenden Sonne in Zinnoberrot, Ultramarin und Gold. Und in den Zweigen schimmerte eine einzelne Birne. Es war das Schönste, was er in seinem Leben je gesehen hatte.

Er stand immer noch da und glotzte wie ein Vollidiot, als Twitch ins Zimmer geschlurft kam. »He, Fettwanst, wo bleibst du denn so lange, zum verfickten Henker noch mal? Sag mir lieber, ob diese Kerzenständer aus Gold sind, dann nehm ich sie nämlich mit.«

Langsam kehrte Billy zur Erde zurück. Die Stimmung war im Eimer, aber das Bild hielt ihn immer noch in seinem Bann, erfüllte ihn mit einer seligen Wärme, wie der erste Joint am Morgen oder wie ein Schuss H. Kein Wunder, dass Dillon dafür bereit war, ihre Schulden abzuschreiben: Laut der kleinen Messingtafel auf dem reich verzierten und vergoldeten Rahmen handelte es sich um »DER BIRN-BAUM von *Claude Oscar Monet – 1907*«. Dreizehntausend? Das Bild musste Millionen wert sein.

Billy hob das Gemälde behutsam vom Haken. Nicht einmal zu atmen wagte er, als er es in die ausgebreitete Tasche bettete. Es tat fast weh, den Reißverschluss zuzuziehen.

Ein Klirren kam vom Sideboard. »Na, wer sagt's denn?« Twitch richtete sich auf, in den Händen vier Flaschen: Bombay Sapphire Gin, Smirnoff, Talisker und Courvoisier. Er wackelte mit den Hüften. »Heut' Abend geben wir uns die Kante.« Er hielt in seinem Tänzchen inne. »Was ist? Du siehst aus, als ob dir wer in den Porridge geschissen hätte.«

»Nichts.« Er nahm die Tasche und biss die Zähne zusammen. »Lass uns verschwinden.« Es war nicht fair – warum sollte Dillon das Bild bekommen? Was verstand der denn schon von Kunst? Nichts verstand er davon, rein gar nichts. Er würde ein Werk von solcher Schönheit nicht einmal annähernd zu schätzen wissen. Dillon war ein Wichser, der nur von Drogen und Gewalt Ahnung hatte. *Billy* hatte in der Mittelstufe Kunst gehabt. Und sogar eine Zwei im Zeugnis. Eigentlich stand das Gemälde ihm zu.

Er folgte Twitch hinaus die Eingangshalle. Genau – eigentlich stand es ihm zu …

Angenommen, er würde das Gemälde behalten. Angenommen, Dillon würde stattdessen eine Fälschung bekommen. Billys Schwester Susan hatte immer schon künstlerische Ambitionen gehabt, sie machte doch immer dieses »Malen nach Zahlen«.

Nee. Das war ein Scheißplan. Diese Pinguine, die sie gemalt hatte, die sahen eher aus wie Geier im Frack. Sie würde bloß alles vermasseln. Susan war blöd.

Der Fernseher plärrte immer noch, als sie an dem riesigen Weihnachtsbaum vorbeikamen und Twitch schnell noch ein paar von den Geschenken in seinem Rucksack verschwinden ließ.

Vielleicht … Vielleicht könnte Dillon einen Unfall haben? Billy musste über beide Ohren grinsen. Genau – Dillon hat einen »Unfall«, und die dreizehntausend Pfund Schulden lösen sich auf einen Schlag in Wohlgefallen auf. Und Billy kann Monets *Birnbaum* behalten. Kann ihn in seinem Schlafzimmer an die Wand hängen, ein bisschen Gras rauchen und die Farben anschauen. *Geil.*

Er folgte Twitch die Treppe hinauf, während er überlegte, was für einen Unfall Dillon haben sollte: Auto, Treppensturz, Hammer auf den Hinterkopf? Der Hammer war wahrscheinlich die beste Lösung: Er könnte einfach bei Dillon vorbeischauen unter dem Vorwand, ihm das Bild abzuliefern, und sobald Dillon ihm den Rücken zudrehte – PENG! Vielleicht hätte er auch noch irgendwo Stoff gebunkert, und ein großes Bündel –

»Was zum Teufel tun Sie da?« Eine wütende Stimme mit schnöseligem Internats-Akzent. Sie kam vom unteren Treppenabsatz.

Twitch erstarrte. »Scheiße!« Sie hetzten die Treppe hoch, immer zwei Stufen auf einmal, der Alte hinterher. Er war einer von diesen weißhaarigen Smoking-Typen, aber er war verdammt gut zu Fuß. »Kommen Sie sofort zurück!«

Billy schnaufte und keuchte wie eine alte Dampflok. Auf den letzten Stufen hätte es ihn beinahe hingehauen, aber er konnte sich noch fangen und knallte nur gegen die verblichene Tapete, während er zusah, wie Twitch um die Ecke sauste und in dem Zimmer mit dem ausgestopften Schwarzbären und den afrikanischen Masken verschwand.

Eine Hand schlang sich um Billys Arm, und er kreischte, fuhr herum und schlug blind mit der Faust um sich. Schmerz durchzuckte seine Knöchel, und der Alte ächzte. Er fiel zurück, und das verschaffte Billy gerade genug Zeit, sich in die Rumpelkammer mit den Kisten voller Krempel zu retten, durch die sie eingestiegen waren. Er stieß den ausgestopften Bären um, der krachend gegen die Tür fiel. Sprang über eine Teekiste mit gruseligen Porzellanpuppen und hechtete nach dem Fenster.

Rumms!

Plötzlich lag er auf dem Rücken, starrte zur Decke hoch und wunderte sich, dass ihm alles wehtat.

Verdammter Idiot – der Rahmen des Gemäldes war zu groß, um quer durch das Fenster zu passen.

Es rappelte an der Tür. Billy kämpfte mit der großen

Tasche mit dem Gemälde drin, hielt sie schräg und manövrierte sie vorsichtig durch das offene Fenster. »Andy!«

Twitch, der gerade an der Eiche herunterkletterte, erstarrte in der Bewegung, die dunklen Augen, in denen sich die Weihnachtsbeleuchtung spiegelte, vor Panik geweitet. »Du sollst doch nicht meinen richtigen Namen benutzen!«

»Fang!« Billy schwang die Tasche mit dem Bild aus dem Fenster und ließ los. Auf halbem Weg blieb sie an einem Ast hängen – ein lautes Ratschen, und ein großes Dreieck Stoff wurde herausgerissen. Die Tasche fiel noch einen Meter, blieb hängen und baumelte hin und her. Der Birnbaum schimmerte durch das Loch im Stoff, acht Meter über dem gefrorenen Boden.

Ein lautes Krachen kam vom Flur, und der Bär wackelte. RUMMS. Er wackelte noch mehr. Noch einmal, und die Tür flog auf. Der Alte stürmte durchs Zimmer und brüllte: »Geben Sie mir meinen verdammten Laptop wieder!«

Billy kletterte hastig aufs Fensterbrett und wollte gerade auf den Ast springen, als eine Hand ihn am Fußgelenk packte. Billy vollführte eine halbe Drehung in der Luft und knallte mit dem Kinn auf den Ast, biss sich die halbe Unterlippe ab und hatte gleich den Mund voller Blut.

Er versuchte verzweifelt, sich an der rauen Borke festzuhalten, doch es war zu spät – er fiel und verhedderte sich in der Lichterkette; spürte, wie das kalte, dicke Plastikkabel sich um seinen Hals schlang. »Ullk!«

Zwei Stockwerke über dem Boden wurde sein Fall jäh gestoppt, und dann baumelte er am Ende des Kabels und strampelte hilflos mit den Beinen. Drehte sich hin und her.

Seine Wurstfinger kämpften mit den Fettwülsten an seinem Hals, mühten sich verzweifelt, das Kabel zu lockern. Krieg keine Luft … Muss das Kabel wegziehen … O Gott, o Gott, o Gott … ICH KRIEG KEINE LUFT!

Weiße Lichter funkelten um ihn herum, die Glühbirnen zerbrachen unter seinen Fingern, schnitten ihm die Haut auf, machten sie glitschig vor Blut, während er sich wand und kämpfte.

Und kämpfte.

Und kämpfte.

Und …

Das Letzte, was er sah, bevor alles schwarz wurde, war der Birnbaum im Sonnenuntergang, wie er in einer Eiche hing, angestrahlt von der Weihnachtsbeleuchtung. Immer noch wunderschön.

II.
Zwei Turteltauben

Ein Weihnachtsbaum stand in der Ecke der städtischen Leichenhalle von Oldcastle. Nur ein billiges, künstliches Teil, geschmückt mit buntem Lametta, blinkenden Lichtern und kleinen Plastikengeln, aber immerhin brachte er einen Hauch von festlicher Stimmung in den Sektionssaal. Und für die Spitze des Baumes hatten sie zwar keinen Stern aufgetrieben, aber dafür einen großen Star: eine nickende Elvis-Puppe, die jedes Mal zuckte und schlenkerte, wenn die Tür einer Kühlschublade zugeknallt wurde. *All shook up.*

Es machte den Saal nicht gerade zur heimeligen Weihnachtsstube, aber immerhin hatten sie sich Mühe gegeben.

Sandra lehnte am Spülbecken, das Handy zwischen Ohr und Schulter geklemmt, während sie eine Instant-Nudelsuppe mit Huhn und Pilzen löffelte. »Kevin? Hallo? Bist du da?« Eins, zwei, drei, vier ... »Geh schon ran ... Kevin?« Der Anrufbeantworter piepste. Sie blieb stehen und starrte auf den ausgeweideten, bleichen Fleischberg auf dem Obduktionstisch. »Kevin? Es wird ein bisschen später, okay? Wir haben alle Hände voll zu tun mit so einem Fettsack, der sich erhängt hat. Also, wart auf mich, okay?« Sandra schaufelte sich eine Gabel voll Nudeln in den Mund und nuschelte noch ein paar Abschiedsworte, gefolgt von einem fast unverständlichen »Lieb' dich«. Dann legte sie auf.

Sie schlürfte gerade die letzten Tropfen Suppe aus dem Becher, als Professor Muir grummelnd von der Toilette zurückkam. Er sah sie an und seufzte. »Ich wünschte, Sie würden das Zeug nicht hier drin essen«, sagte er. »Elvis mag den Geruch nicht.« Er deutete auf den King, der mit den Hüften wackelte und zustimmend nickte, als die Tür des Sektionssaals ins Schloss fiel.

»Bin sowieso fertig.« Sie warf den leeren Becher in den Abfalleimer und zog ein frisches Paar Latexhandschuhe an. »Soll ich jetzt die Wirbelsäule machen?«

»Bitte.« Professor Muir wandte sich wieder dem Berg von Eingeweiden zu, der auf dem Rollwagen neben dem Seziertisch lag.

Sandra griff zur Knochensäge.

Klick. Mit einem dumpfen Fauchen erwachte der Sauger zum Leben, der sämtliche Blut- und Knochenpartikel entfernen würde. Ein zweites Klicken, und die Säge sirrte los. Das Vibrieren der Klinge ließ Sandras Finger kribbeln. »Wollen Sie das Rückenmark separat oder mit dem Gehirn dran?«

»Überraschen Sie mich.«

Sie lächelte hinter ihrer Maske – das war eine Herausforderung. Ohne die inneren Organe war der Rumpf nur eine rot-violette Hülle, gesäumt von den Stummeln der abgesägten Rippen, wo Sandra den Brustkorb weggeklappt hatte wie die Motorhaube eines Autos. Der Typ war riesig und enorm fett, der Rumpf so geräumig, dass sie hätte hineinkriechen und den Deckel wieder zuklappen können. Das ideale Versteck. Wer würde da schon nachsehen?

Grinsend machte sie sich an der Wirbelsäule des Toten zu schaffen und ließ die Säge aufkreischen.

Sie war gerade dabei, die inneren Organe einzutüten, als das Telefon klingelte. Es war das Polizeipräsidium Old-castle mit der Ankündigung, dass zwei weitere Leichen unterwegs seien. Sie knallte den Hörer hin. »Arrrrgh … Ist doch jedes Mal dasselbe vor Weihnachten.«

Professor Muir blickte von seinem vorläufigen Bericht auf. »Darf ich raten – Selbstmord?«

»Ja, und zwar gleich zwei. Egoistisches Pack!« Sie ließ den Dünndarm des Typen in einen transparenten Plastikbeutel gleiten, den sie versiegelte und in die offene Bauchhöhle warf. »Als ob wir nichts Besseres zu tun hätten, als hier rumzuhängen und ihre Leichen zu sezieren. Es *gibt* Leute, die heute Abend schon was vorhaben!«

»Kein Stress, wir machen heute erst mal nur die Papiere fertig und obduzieren sie dann morgen. Betrachten Sie's als Weihnachtsgratifikation.«

Sandra stopfte den letzten Beutel hinein und drückte alles zusammen, damit der Brustkorb wieder draufpasste. Dann rollte sie die fettige Haut darüber und begann die Leiche mit wütenden Einfassstichen zuzunähen. Sie sah auf die Uhr an der Wand: Viertel nach sechs. Sie war jetzt schon spät dran; der Papierkram für zwei Leichen würde alles nur noch schlimmer machen.

Elvis tanzte für sie, als sie den Leichnam wieder auf sei-ne Kühlschublade wuchtete und unter halblautem Fluchen die Edelstahltür zuknallte. Sie fischte ihr Handy aus der Tasche und stapfte hinaus in den Aufbahrungsraum, um Kevin anzurufen, außer Hörweite der großen haarigen Ohren des Professors.

Der kleine Raum war fast leer: nur sie, eine Vase mit künstlichen Lilien und der Tisch, auf den sie die Leichen zum Identifizieren legten. Die Angehörigen versammelten sich dann in dem kleinen Raum gegenüber, dann wurde der Vorhang zurückgezogen, sie konnten die Überreste ihres Verstorbenen durch das Sichtfenster sehen, sie weinten ein bisschen … dann sagte jemand »Herzliches Beileid«, worauf der schmerzlich Vermisste hinausgerollt wurde, damit Professor Muir ihn ausnehmen konnte wie einen Fisch. Alles sehr geschmackvoll.

»Kevin?«

Das unverkennbare *klick-bssssss*, mit dem der AB sich einschaltete, und dann die Stimme vom Band: Kevin, der *Comfortably Numb* von Pink Floyd sang, nur mit anderem Text, und sie aufforderte, eine Nachricht zu hinterlassen. »*Piiiiiiiep …*«

»Kevin? Hör zu, ich weiß, ich hab dich warten lassen, aber ich mach's wieder gut, ja? Ewan legt eine Doppelschicht ein; ich gehöre also die *ganze* Nacht dir. Sieh zu, dass du Babyöl im Haus hast, ich hab nämlich eine Überraschung für …« Es klackte in der Leitung. »Kevin? Kevin, bist du da?« Und dann dankte ihr eine metallische Stimme für den Anruf, und die Leitung war tot. »Mist.«

Ob er ausgegangen war? Beleidigt losgezogen, weil sie noch nicht da war? Nein, das würde Kevin ihr nicht antun: nicht, wo sie gerade in der Mittagspause im Naughty

Knicker Shop in der Barnston Street vierzig Pfund für ein freches französisches Dienstmädchen-Kostüm hingeblättert hatte. Das wollte er sich *bestimmt* nicht entgehen lassen.

Sie steckte das Handy wieder ein, zupfte ihre Unterwäsche zurecht und blickte auf. Fast hätte sie sich in die Hose gemacht. Da stand ein Mann auf der anderen Seite des Sichtfensters und starrte zu ihr herein …

Herrgott noch mal – es war Ewan, der das Gesicht an die Scheibe drückte und sie lüstern beäugte. Sie schlug mit der flachen Hand auf die Scheibe, und er zuckte zurück. »Du hast mich zu Tode erschreckt!«

Er trug eine gelbe Warnweste über seiner Polizeiuniform, und auf seiner Schirmmütze glitzerten Regentropfen. Sah gar nicht mal so übel aus – wie ein etwas untergewichtiger George Clooney. Na ja, eher wie eine Mischung aus George Clooney und John Cleese. Er grinste wie ein Idiot und formte mit den Lippen irgendwelche Schweinereien hinter der Scheibe, obwohl er wusste, dass der Raum schalldicht war.

Sie marschierte zurück in den Sektionssaal.

DI »Stinky« McClain – ein kleiner, stark behaarter Mann mit einem Gesicht wie ein gebrauchtes Kondom – stand mit dem Rücken zu den Kühlschubladen und erzählte Professor Muir einen Witz. »Da zieht die Sprechstundenhilfe ihren Slip hoch und sagt: ›Das hat es noch *nie* gemacht!‹« Er lachte, dass seine Lefzen beben. »›Das hat es noch *nie* gemacht.‹ Verstehen Sie?« Dann winkte er einem hochgewachsenen alten Mann mit ernsthafter Miene zu – ein Mitarbeiter des örtlichen Bestattungsinstituts. »Kommen Sie, Unwin, ich habe nicht die ganze Nacht Zeit.«

Mr Unwin zog eine Braue hoch, während er einen Stahlsarg von der Laderampe heranrollte. »Geduld ist eine Tugend, Inspector. Die Toten lassen sich nicht hetzen.« Mit einem glänzenden schwarzen Schuh betätigte er die Bremse der Rollbahre und ging wieder hinaus, um die zweite Leiche zu holen.

Das musste ihr Doppelselbstmord sein.

Sandra folgte dem alten Bestatter hinaus auf den Flur.

Ewan lehnte an der Wand und wartete auf sie. Er packte sie und drückte ihr einen dicken feuchten Kuss auf die Lippen. »Was tust du denn noch hier? Ich dachte, du bist schon zu Hause bei Emma?«, fragte er.

Sandras Gesicht wurde ganz heiß. Sie löste sich aus der Umklammerung. »Mum passt auf sie auf. Ich wäre ja schon zu Hause, wenn ihr mir nicht mit euren blöden Selbstmorden dazwischengekommen wärt.«

Er zuckte mit den Achseln. »Tja, ist nun mal Weihnachten. Hör zu, ich hab mir gedacht …« Er trat auf sie zu und umfasste ihre Pobacken mit beiden Händen. »Wenn du die nächste Viertelstunde nichts zu tun hast, könnten wir uns vielleicht ein ruhiges Eckchen suchen und …«

»Kommt überhaupt nicht infrage! Du geiler Bock …« Sie wich zurück. »Bloß weil deine Gonaden mal wieder verrückt spielen …«

Mr Unwin kam zurück und schob die Rollbahre mit quietschenden Rädern in den Sektionssaal.

»Also, ich muss jetzt weitermachen, okay? Je eher wir uns diese beiden vornehmen, desto früher bin ich zu Hause.«

Ein neckisches Lächeln stahl sich auf sein Gesicht.

»Vielleicht, wenn *ich* heimkomme …?« Ein unverbesserlicher Optimist.

»Vergiss es! Es gibt Leute, die morgens früh raus müssen, um zu arbeiten.«

Das Lächeln verschwand. »Wie soll Emma denn je ein Brüderchen kriegen, wenn wir es nie tun? Ich könnte mich ja verkleiden – würde das helfen? Du weißt schon, als Feuerwehrmann oder Arzt oder so?«

Schnell das Thema wechseln. »So, was haben wir denn hier – zwei Tattergreise?«

»Nee.« Er nahm ihre Hand und führte sie zurück in den Sektionssaal, wo Professor Muir und Mr Unwin einen dunkelblauen Leichensack auf einen der Obduktionstische gleiten ließen. »Ganz romantisch irgendwie: 'n Mann und 'ne Frau, beide Anfang zwanzig, wurden Händchen haltend auf dem Bett gefunden. Schmerztabletten, Schlaftabletten und eine große Flasche Milch.«

»Was zum Teufel soll daran romantisch sein?«

»Haben beschlossen, dass sie ohne einander nicht leben können. Wenn einer von ihnen sterben müsste, würden sie *beide* sterben.«

»Ach ja?«

Professor Muir zog den Reißverschluss auf. Zum Vorschein kam eine hübsche blonde Frau. Stupsnase, leichter Überbiss, knallrote Lippen. Das Make-up überdeckte die blutleere, gelblich-wächserne Blässe des Todes. Aber vom Hals abwärts war sie eindeutig eine Leiche. Und auch nicht naturblond.

»Also, wer von beiden war denn nun todkrank? Darf ich raten: sie …«

»Er war's. Wir haben den Brief vom Krankenhaus gefunden – offenbar war aus seiner HIV-Infektion gerade das Vollbild Aids geworden.«

Sandra verzog das Gesicht. »Na toll, das hat uns gerade noch gefehlt – zwei Virenschleudern. Das wird *ewig* dauern.«

»Tja, also, pass bloß gut auf dich auf, ja? Will doch nicht, dass meinem Frauchen was zustößt.« Er gab ihr einen Klaps auf den Hintern.

Sie verzichtete auf einen Kommentar und ging an ihm vorbei, um zuzusehen, wie Muir und der Bestatter den anderen Leichensack aus dem Sarg wuchteten. »Seien Sie nur vorsichtig«, sagte sie, als Muir nach dem Reißverschluss griff, »der da ist ansteckend: Aids.«

Der Professor fluchte, als er eine Atemschutzmaske aufsetzte und ein zweites Paar Latexhandschuhe anzog. Er warf DI »Stinky« McClain einen bösen Blick zu. »Niemand hält es für nötig, *mir* was zu sagen.« Er zog am Reißverschluss. *Zwwwwwwwwipp* ... und da lag Kevin.

Der Boden wankte unter Sandras Füßen.

Es war Kevin. Kevin war tot. Kevin lag auf dem Rücken auf einem Sektionstisch, und seine glasigen Augen starrten mit leerem Blick an die Decke des Sektionssaals.

Sie taumelte ein paar Schritte rückwärts. Er hatte Aids! Erst vor zwei Tagen hatten sie in einer »Gefahrenzone« ungeschützten Sex gehabt: im Parkhaus hinter dem Marks & Spencer. Der Mistkerl hatte ihr nie erzählt, dass er HIV-positiv war.

Du Scheiße!

»Sandra?« Der gute alte Ewan war sofort an ihrer Seite und spielte den großen, starken Ehemann. »Bist du okay?«

Sie konnte den Blick nicht von Kevins totem Gesicht wenden.

Dieser falsche, gemeine, virenverseuchte, treulose Mistkerl! Er hatte es nicht mal für nötig gehalten, ihr etwas zu sagen! *Sie* könnte jetzt da neben ihm in der Leichenhalle liegen, ganz ruhig und friedlich, frei von der Sorge, an einer schrecklichen Krankheit sterben zu müssen. *Sie*, und nicht irgendeine DUMME BLONDE TUSSI.

»Sandra?«

Kevin hatte noch nicht einmal den Anstand besessen, *sie* zu fragen, ob sie mit ihm Selbstmord begehen wollte. Er hatte sie nie wirklich geliebt.

Männer waren solche Schweine.

III.
Drei französische Hühner

Marguerite Dumond konnte fließend in vier Sprachen fluchen, aber im Augenblick übte sie ihr Englisch. An eine Mauer im Hinterhof gelehnt, hielt sie sich den Kopf und versuchte die Blutung zu stoppen, während sie zusah, wie Philippe, noch in seiner weißen Kochkluft, den Mann, der sie geschlagen hatte, mit Fußtritten bearbeitete.

Philippe lallte ziemlich stark – kein Wunder nach einem Schuss Heroin und einer halben Flasche Wodka –, aber seine Treffsicherheit hatte nicht gelitten. »Wie« – kick – »oft« – kick – »muss isch's« – kick – »dir noch sagen?« Kick. Alles mit starkem französischem Akzent. »NIEMALS sollst du zu mir in der Arbeit kommen!« Er nahm drei Schritte Anlauf und ließ noch einmal seinen Stiefel in den Leib des Mannes krachen, der zusammengekrümmt am Boden lag. Dann fing er an, auf seinem Gesicht herumzutrampeln.

Marguerite zog vorsichtig das Geschirrtuch von ihrem Kopf ab – es war blutgetränkt und glänzte dunkelrot. Der Hinterhof begann sich um sie zu drehen, ihre Knie versagten den Dienst, und sie ließ sich schwer auf eine Getränkekiste plumpsen. Die leeren Flaschen klirrten unter

33

ihr. Sie würde nicht kotzen, sie würde nicht … o doch, das würde sie. Marguerite lehnte sich zur Seite und erbrach sich. Coq au vin und Crème brûlée pladderten auf das Pflaster.

Philippe kniete sich auf die Brust des Mannes und packte eine Handvoll Haare, um seinen Kopf vom Boden hochzuziehen. »Isch 'ab disch 'öflisch gebeten!« Ein gedämpftes Ächzen, dann knallte etwas mit einem klatschenden Geräusch auf das Pflaster des Hinterhofs. »Isch 'ab disch 'öflisch gebeten, aber du 'örst ja nischt! Du 'örst« – klatsch – »einfach« – klatsch – »nischt!« Klatsch. Nach dem letzten Schlag war es still, dann sagte Philippe: »Du bist ein blöder Wichser, Kenny. Du verdienst eine Freund wie misch überhaupt nischt …«

Marguerite hob den Kopf, den Mund voll bitter schmeckendem Schleim.

Philippe durchwühlte Kennys Taschen und zog kleine Päckchen aus Alufolie hervor. Dann ging er in die Hocke und zwang die Kiefer des Mannes auseinander.

»Wenn du meine Kellnerin umbringst, wie kann sie dann mein Essen servieren? Eine fantastische Restaurant kann nischt funktionieren ohne Bedienung!« Er riss eines der Heroinbriefchen auf und schüttete den Inhalt in Kennys blutverschmierten Mund. Dann noch eins und noch eins und noch eins … *Bon appétit!* Er schlug Kenny fest mit der Hand auf die Brust, und der übel zugerichtete Mann zuckte krampfhaft. Eine Wolke von weißem Pulver wirbelte in die kalte Abendluft auf.

Philippe legte Kenny die Hand über den Mund. »BON APPÉTIT, 'ab isch gesagt!«

Und in diesem Moment wurde Marguerite schwarz vor Augen.

Morgens um halb acht stand Alexander Garvie vor dem Eingang des *La Poule Française* und unterschrieb für die Fischlieferung des Tages – Schellfisch, Glattbutt, Steinbutt und Seehecht. Kein Wolfsbarsch – da würde der Koch toben, aber an manchen Tagen musste man eben das Beste aus dem machen, was man hatte.

Er schlurfte wieder hinein und steuerte die Küche an. Wenn er sich das Reservierungsbuch so anschaute, würden sie heute wieder alle Hände voll zu tun haben. Fürs Mittagessen waren sie fast voll, und für abends war jetzt schon kein Platz mehr frei. Wenn es so weiterginge, würde er noch mehr Personal einstellen müssen. Vielleicht ein größeres Restaurant?

Alexander stieß die Tür zur Küche mit der Schulter auf und marschierte auf den Kühlraum zu. Es sprach vieles dafür, ein neues Lokal zu eröffnen, irgendwo unten am Fluss oder in der Nähe der Kathedrale.

Er balancierte die Fischkiste auf der Hüfte und hebelte die Kühlraumtür auf.

Es würde nicht billig werden, aber wenn sie den Erfolg des *Poule Française* wiederholen könnten, hätten sie das in ein, zwei Jahren wieder reingeholt. Achtzehn Monate. Es würde knapp werden, aber …

Was zum Teufel war das?

Da war ein Mann im Kühlraum!

Er lag flach auf dem Rücken, gleich neben den Möhren und den Schalotten, Beine und Arme vom Rumpf weggestreckt. Wie ein Frosch, der darauf wartete, seziert zu werden.

»Hallo?« Alexander schob die Kiste in das nächstbeste Regal. »Sie dürfen hier nicht rein – das ist unhygienisch …«

Der Mann rührte sich nicht.

»Sind Sie okay?« Er schaltete die Innenbeleuchtung ein, und eine Atemwolke umnebelte seinen Kopf.

Der Mann war *nicht* okay. Seine Haut hatte die Farbe ranziger Butter, gesprenkelt mit dunkelbraunen Blutflecken, und seine Stirn war unübersehbar eingedellt. Alexander streckte die Hand aus und berührte mit zitternden Fingern die eiskalte Haut. Der Mann würde nie wieder okay sein. Er war tot.

»Du lieber Gott …« Das erste große Glas Cognac hatte seine Nerven nicht beruhigen können, das zweite auch nicht. Das dritte allerdings ließ die Konturen der Wirklichkeit schon ein bisschen verschwimmen. Alexander saß an der Bar des Restaurants, trank mit zitternden Händen den guten Cognac und starrte sein Mobiltelefon an.

Er sollte die Polizei anrufen.

Sobald er in der Lage wäre, zu reden.

Die Polizei anrufen und melden, dass da ein toter Mann in seinem Kühlraum lag. Und dann ein großes Schild ins Fenster hängen: »WIR SCHLIESSEN.« Wer würde in einem Restaurant essen wollen, wo Leichen in der Küche herumlagen? Sie waren ruiniert.

Hinter ihm schepperte es – das Geräusch von Servierplatten aus Edelstahl, die auf den Fliesenboden krachten, gefolgt von französischen Flüchen. Philippe war gekommen. Zwei Minuten später erschien sein zerknittertes Gesicht in der Tür – rote Augen, blasse Haut, dunkellila Säcke unter den Augen. »Mon Dieu, isch fühle misch wie *merde*«, sagte er und rieb sich das stopplige Kinn. »Ist das Brandy oder Whisky?« Er deutete auf den Schwenker in Alexanders Hand.

»Äh … Cognac.«

»Gott sei Dank.« Er goss sich großzügig ein, trank das Glas in einem Zug aus und schenkte sich nach, ehe er den Kopf auf den Tresen sinken ließ. »Bitte – wenn isch am Kater sterbe, lass nischt zu, dass die Idioten misch in Paris begraben. Du weißt, dass wir für 'eute voll ausgebucht sind?«

Alexander stand auf und zog Philippe zurück in die Küche, lehnte ihn dort an die Wand und öffnete die Kühlraumtür. Der tote Mann starrte sie an.

Philippe spitzte die Lippen, runzelte die Stirn, sah sein Cognacglas an, dann den toten Mann, dann runzelte er die Stirn noch tiefer. »Ist das die Tagesgerischt? Isch dachte eigentlisch, wir machen kurz angebratene Loup de Mer mit 'ummerbutter und Pommes dauphines.«

»Es gab keinen Wolfsbarsch.«

Philippe zuckte mit den Achseln. »Also hast du mir stattdessen eine Leische gebracht?«

»ICH HABE IHN NICHT GEBRACHT! Er war schon hier, als ich kam!« Alexander knallte die Tür des Kühlraums zu. »Was sollen wir nur tun? Es wird in allen Zeitungen stehen! Sobald die Leute hören, dass wir hier drin eine Leiche hatten, werden sie ihre Reservierungen stornieren! Wir werden schließen müssen!« Er wurde immer lauter und lauter, bis Philippe ihn fest an den Schultern packte.

»Stopp! Zu laut! Meine Kopf tut schon weh!«

»Was sollen wir tun? Wo kommt der Typ her? Wir sind ruiniert!«

Philippe ließ ihn los, machte die Kühlraumtür wieder auf und starrte den Mann an, der da am Boden lag. »*Merde …*« Er vergrub das Gesicht in den Händen. Stöhnte. Fluchte. »Wir müssen die Leische verschwinden lassen.«

Schweigen. Eine Weile war nur das Brummen der Kühl- aggregate zu hören, die wegen der offenen Tür auf Hoch- touren arbeiten mussten. »Nein. Wir müssen die Polizei anrufen.«

Philippe schnaubte. »Und was dann? Sie werden den Laden discht machen. Und *Martin White* hat für heute Abend reserviert.«

»O Gott …« Martin White – der Restaurantkritiker der *Oldcastle News and Post*, ein Mann, der mit einer einzigen Kritik über das Schicksal eines Restaurants entscheiden konnte. »Wir sind geliefert.«

»Nein, sind wir nischt. Wir lassen die Leische verschwin- den, und niemand erfährt etwas davon. Alles ist so wie immer. Als ob nischts passiert wäre.«

»Aber … aber …« Alexander schlug die Tür wieder zu, er konnte den Anblick dieses malträtierten Gesichts nicht länger ertragen. »Aber wie ist er hier reingekommen?«

Philippe leckte sich die Lippen, räusperte sich und legte Alexander die Hand auf die Schulter. »Ist das wischtig? Er ist 'ier: Wir müssen ihn verschwinden lassen, sonst ist die Restaurant am Ende.« Er blickte sich mit trüben Augen in der Küche um, nickte, band sich eine schwere Schürze um und rollte sein Messerset auf, aus dem er ein Ausbeinmesser und ein langes Schleifeisen auswählte. »Wir zerlegen ihn«, sagte Philippe und begann die Klinge zu schärfen – *tschick, tschick, tschick* …

Alexander leerte sein Cognacglas und nickte. Es klang vernünftig. Einfach zerlegen. Einfach in kleine Stücke schneiden. »Und was dann?«

»Dann?« Philippe prüfte die Klinge. »Dann lassen wir ihn verschwinden.«

»Aber irgendjemand wird die Teile finden!«

Philippe runzelte die Stirn. Dann grinste er. »Wir machen Hackfleisch aus ihm. Ja? Kochen es ab und werfen es in den Müll. Sieht aus wie jedes andere Hackfleisch. Niemand wird die Unterschied bemerken.«

»Hackfleisch … ja, Hackfleisch.« Alexander begann zu schwitzen, es prickelte zwischen seinen Schulterblättern. Vielleicht noch ein Drink, um seine Nerven zu beruhigen?

Philippe griff zu Fleischerbeil und Bügelsäge. »Also, du 'ilfst mir jetzt, ihn auf die Arbeitsfläsche zu 'eben, dann schließt du alle Türen ab und sorgst dafür, dass niemand 'ier reinkommt.«

»Aber der Gemüsemann …«

»Niemand! Nimm die Lieferungen vorne an. Ist mir egal. Aber nischt 'ier rein!« Er schaltete das Radio ein und drehte den Ton voll auf. Dann zerrten sie den toten Mann aus dem Kühlraum. Und Philippe machte sich an die Arbeit.

Mittags waren alle Tische besetzt, und zu allem Überfluss war Marguerite am Morgen nicht zur Arbeit erschienen, sodass ihnen eine Servicekraft fehlte. Alexander platzte mit einer Bestellung von Kalbsschnitzel, Coq au vin und Steinbutt an Champagner-Hollandaise durch die Schwingtür in die Küche.

Hier lief alles wie eine gut geölte Maschine auf Hochtouren, auch Philippe selbst. Er hatte am Morgen schon *mindestens* eine halbe Flasche Cognac getrunken, während er gesägt und gehackt und gebraten hatte – um dann zu Wodka Tonic überzugehen. Und jetzt löschte er seinen Durst mit eiskaltem Bier, während er den Sous-Chef, den Confiseur, die Spüler und die Kellnerinnen dirigierte und die Gerichte zauberte, über die ganz Oldcastle redete.

Es war, als ob nie etwas passiert wäre.

Als der mittägliche Ansturm vorüber war, saßen Philippe und Alexander bei geschlossener Tür in dem kleinen Büro des Geschäftsführers und tranken starken Kaffee. Der Koch lehnte sich zurück, stöhnte und starrte zur Decke.

Alexander drehte seine Tasse zwischen den Fingern. »Äh ... Wie kommen wir ... mit unserem Besucher voran?«

Achselzucken. »Er liegt in Beutel verpackt 'inten im Kühlraum. Sieht genauso aus wie gebratenes Schweinehack.« Wieder ein Stöhnen, und Philippe ließ den Oberkörper nach vorne kippen. »Das einzige Problem sind die Knochen.«

»O Gott.« Die Knochen – ein komplettes menschliches Skelett würde Verdacht erregen, auch im Abfall eines Restaurants. »Wir sind ruiniert! Wir ...«

Philippe hob eine Hand. »Nein, nischt ruiniert. Isch 'ab die Knochen zersägt und in den Ofen gelegt. Da können sie schmoren und austrocknen. Wir 'auen sie mit die 'ammer in kleine Stücke. Dann werfen wir sie weg. Kein Problem.«

»Was ist mit dem … dem …« Alexander tippte sich an die Schläfe.

»Pfff …« Philippe trank seinen Kaffee aus. »Wenn du die Kopf von eine Mann mit die Fleischerbeil in acht Stücke 'ackst, sieht er aus wie alle anderen Knochen. Niemand wird was merken. Vertrau mir. Alles ist wieder gut.«

Alexander versuchte zu lächeln, und es gelang ihm tatsächlich. Sie waren aus dem Schneider – die Leiche war entsorgt, das Mittagsgeschäft vorbei. Jetzt mussten sie nur noch Martin White schwer beeindrucken, und alles war perfekt. »Philippe, ich möchte, dass du dir ein bisschen Schlaf gönnst, okay? Die anderen können das Putzen und die Vorbereitung für den Abend übernehmen. Du ruhst dich aus. Ich will, dass du in Top-Form bist, wenn Martin White hier ankommt.« Das Lächeln wurde zu einem Strahlen.

Alles würde gut.

Philippe sah schon wesentlich besser aus, als er um halb sieben wieder aufkreuzte, hellwach und fröhlich lächelnd. Das weiße Pulver an seiner Oberlippe war wahrscheinlich bloß Mehl, oder? Er hatte Brot gebacken, oder Pasteten, oder er hatte nachgesehen ob … Irgendwas eben. Das war alles. Weiter nichts.

Alexander schlug das Reservierungsbuch auf und schlug es gleich wieder zu. Richtete es an der Kante des Tresens aus. Und holte tief Luft. Nur zwei Menschen hatten einen Schlüssel für das Restaurant: er und Philippe – und er hatte *ganz bestimmt* keine Leiche in den Kühlraum gelegt, also musste Philippe es getan haben. Aber … Aber Philippe war ein hervorragender Koch; bei einem Genie musste man immer mit exzentrischem Verhalten rechnen. Und wo sollte Alexander in Oldcastle einen Koch finden, der ihm auch nur annähernd das Wasser reichen konnte?

Also würden sie weiter so tun, als ob nichts passiert wäre. Sie würden ihre gute Kritik bekommen und ein zweites Restaurant eröffnen, *Le Coq Rouge* – es würde zum Mekka aller Freunde der französischen Küche in und um Oldcastle werden. Ach was, in ganz Schottland. Es würde drei Michelin-Sterne bekommen. Und alles nur, weil Alexander so klug gewesen war, nicht die Polizei anzurufen.

Sogar Marguerite war schließlich noch gekommen, wenn auch mit sieben Stunden Verspätung, mit einem weißen Verband am Hinterkopf. Angeblich war sie überfallen worden. Sie tauschte ein paar vielsagende Blicke mit Philippe, aber das hatte sicher nichts zu bedeuten. Es war schon in Ordnung. Alles würde gut werden.

Um zehn vor sieben ließ Alexander alle Angestellten antreten und hielt ihnen eine Motivationsansprache: Martin White war heute Abend ihr Gast. Sie sollten nicht nervös sein, sie waren ein Team von Profis, sie waren das beste französische Restaurant in der Stadt, sie mussten nur ihr Bestes geben, dann würde heute Abend alles perfekt laufen!

Und dann zog er sich in sein Büro zurück, um an seinen Fingernägeln zu kauen und auf die Uhr zu starren, die Minuten zu zählen bis acht Uhr – für diese Zeit hatte Martin White einen Tisch für eine Person reserviert.

»Und?« Alexander trat auf dem gefliesten Küchenboden von einem Fuß auf den anderen.

Philippe schwenkte geschickt Hummerschwänze in einer heißen Pfanne mit Knoblauch und Kräuterbutter. »Es ist eine Verbreschen, dass wir keine Loup de mer haben, aber ...«

»Was hat er bestellt?«

Philippe schüttelte die Pfanne noch einmal und gab dann die Hummerschwänze über ein Glattbutt-Filet auf einem Bett aus Limabohnenpüree mit grüner Sauce. »Suppe, Pâté und Shrimps als Vorspeise, dann Kalbfleisch, Entrecôte, Steinbutt und Lamm.« Er wischte den Rand des Tellers ab und verzierte ihn mit einem Estragonzweig. »Service!«

»Gut, gut ...«

Marguerite erschien und trug den Teller flink ins Restaurant.

Alexander sah zum Kühlraum. »Und was ist mit ... du weißt schon ... diesem Ding?«

»Ich 'abe Colin gesagt, er soll die 'älfte von dem Schweine'ack wegwerfen. 'ab ihm gesagt, es wäre verdorben.«

»Hervorragend. Ja, das ist gut. Sehr schön.« Er rang die Hände und grinste nervös. Dann ging er zur Tür und spähte durch die kreisrunde Scheibe ins Restaurant, ließ den Blick über die Gesichter wandern, bis er den Mann gefunden hatte, der sämtliche Restaurantinhaber erzittern ließ: Martin White – schwammiges Gesicht, bleiche Haut, schwarz gefärbter Haarschopf, so saß er allein an einem Tisch, der Platz für vier bot. Marguerite goss ihm gerade den ersten Schluck aus einer Flasche Wein zum Probieren ein. Whites Miene verdüsterte sich, als er den edlen Tropfen im Mund hin und her schwenkte, ehe er ihn in ein anderes Glas spuckte und sich bitterlich beschwerte.

»O Gott …« Alexanders gute Laune schwand rapide. Plötzlich lief es gar nicht mehr so gut.

Eine halbe Stunde später stocherte White in seinen Hauptgerichten herum. Er fing mit dem Lamm an, probierte dann die anderen Gerichte und sprach dazu abfällige Kommentare in ein Diktaphon.

Marguerite kam tränenüberströmt in die Küche gestürmt, ging geradewegs auf den Kühlraum zu, knallte die Tür zu und fing an zu schreien.

Alexander musste sie fünf Minuten lang beknien, damit sie wieder herauskam.

»Er ist so gemein«, sagte sie. Sie lehnte sich an die Durchreiche und trocknete sich mit einem Geschirrtuch die Augen. »Der Wein ist zu warm, der Wein ist zu kalt, das Salz ist zu salzig, die Suppe ist zu nass, die Kerzen riechen nicht gut …« Und dann fluchte sie noch ein wenig auf Französisch, doch Alexander hörte nicht hin; er starrte ängstlich durch das Guckloch auf den Mann, der sein Restaurant ruinieren würde.

»*Merde!*«

O Gott, was war jetzt passiert?

Philippe kniete vor einem der Öfen und starrte in das leere Rohr.

»Was? Was ist jetzt wieder schiefgegangen?« Heute ging aber auch *alles* schief!

»Die …« Philippe spähte noch einmal in den leeren Ofen. »Er … Sie sind weg.«

»Was ist weg? Philippe? Was ist weg?«

»Die Knochen.« Er knallte die Ofentür zu und richtete sich auf, blickte sich gehetzt in der Küche um. »Angus!«

Der Hilfskoch fuhr so heftig zusammen, dass es beinahe Fingerscheibchen zum Sellerie gegeben hätte.

»Ja, Chef?« Er nahm Haltung an.

»Knochen – in diese Ofen. Wo?«

Angus' besorgter Blick schlug in ein erleichtertes Lächeln um. »Ich hab Brühe gemacht, Chef.« Er deutete auf den riesigen Kessel, der auf dem Kochfeld an der Rückwand der Küche stand und für das Auskochen von Knochen, Gemüse und Fleischresten reserviert war. »Zwiebeln, Möhren, Sellerie, Pfefferkörner, Lorbeerblätter, Thymian …« Er brach ab, als er Philippes Gesichtsausdruck bemerkte. »Stimmt was nicht, Chef?«

Philippe machte den Mund auf, doch es kam nur ein verzagtes Quieken heraus.

»Chef?«

»Haben … Benutzen wir die Brühe gerade?«

Angus runzelte die Stirn, als habe Philippe gerade seine Mutter beleidigt. »*Ja*, Chef: Es ist eine gute Kalbsbrühe.«

Alexander und der Chefkoch starrten auf den großen Kessel, der vor sich hin blubberte, dann auf die Suppe, die Saucen und alles andere, worin die »Kalbsbrühe« verarbeitet worden war. Sogar der Fisch. Sie waren ruiniert! »Ich …«

»Gut!« Philippe rang sich ein Lächeln ab. »Äh … gut gemacht.«

»Danke, Chef.«

Höchste Zeit für noch mehr Cognac.

Nach dem Dessert machte Martin White sich an die Schnäpse und Whiskys. Mit jedem Drink wurde er noch ein bisschen lauter und unausstehlicher. Nach und nach leerten sich die anderen Tische, dann war es schließlich Viertel nach elf und Mr White der einzige verbliebene Gast im Lokal.

Wahrscheinlich hatte er auch noch vor, sich, ohne zu zahlen, davonzuschleichen. Weil er erwartete, dass *La Poule Française* die Rechnung übernehmen würde, als letzter verzweifelter Versuch, sich bei ihm einzuschmeicheln und sich eine positive Kritik zu erkaufen. Nun, wenn es sein musste …

»Wir hätten ihn rausschmeißen sollen!«, rief Philippe. Er stand hinter Alexanders Schulter und starrte Martin White durch das Sichtfenster hindurch wütend an. »Geh doch zu McDonald's, du fette *connard*!«

Sie waren allein in der Küche. Alexander hatte alle nach Hause geschickt, nachdem der Abwasch erledigt war. Warum sollten sie alle hier rumhängen und in Depressionen versinken, während sie darauf warteten, dass Martin White ihre Existenz ruinierte? Jetzt waren sie also nur noch zu zweit hier hinten, während Marguerite vorne im Restaurant zähneknirschend den schrecklichen Mr White bediente.

»Wir sind ruiniert …«

»Der Fettsack 'at mein Essen nischt verdient!«

»Er wird eine vernichtende Kritik schreiben …«

»Isch 'ätte ihm in die Suppe pissen sollen.« Philippe warf

die Hände in die Luft und stürmte davon. »Er kann misch mal. Isch geh misch besaufen.« Er schnappte sich seine Jacke und knallte die Tür hinter sich zu.

Da tat sich etwas im Restaurant – White war aufgestanden und schickte sich an zu gehen.

Alexander rückte seine Jacke zurecht, klatschte sich ein strahlendes Lächeln ins Gesicht und marschierte auf White zu, fest entschlossen, noch einen letzten Versuch zu unternehmen, das Restaurant zu retten. Auch wenn es bedeutete, vor White auf dem Bauch zu kriechen und ihm sein Essen zu bezahlen.

Er schickte Marguerite den Mantel des Kritikers holen und entließ sie dann in den Feierabend. Sie sollte nicht sehen, wie er sich erniedrigte, wie er schleimte und katzbuckelte.

»Mr White«, sagte er strahlend und streckte die Hände aus, als seien sie alte Freunde, »wie nett von Ihnen, uns mit Ihrem Besuch zu beehren. Ich hoffe, es hat Ihnen geschmeckt?«

White grinste höhnisch. »Hoffen können Sie ja.« Nach drei Flaschen edlem Bordeaux lallte er schon ein wenig.

Das unbehagliche Schweigen wurde nur vom Läuten der Glocke über der Eingangstür durchbrochen – es war Marguerite, die sich in Sicherheit brachte.

»Vielleicht«, sagte Alexander, nahm eine Serviette vom Tisch und nestelte daran herum, schwitzend und grinsend, was das Zeug hielt, »… dürfte ich Ihnen einen edlen Cognac anbieten? Es ist ein 1936er Louis XIII Grande Champagne; äußerst exquisit …?« Und sehr teuer. Aber das Restaurant war es wert.

Philippe erschien am Freitagmorgen als Erster in der Arbeit – mit einem gewaltigen Brummschädel, Augen wie zwei Chorizo-Scheibchen und einem Geschmack im Mund, als hätte er den Fettabscheider ausgeleckt. Das hatte er davon, dass er bis vier Uhr früh im Bain-Marie in Logansferry Tequilas gekippt und Koks geschnupft hatte, während er vor seinen Kochkollegen mit dem exquisiten Menü geprahlt hatte, das er am Abend Martin White serviert hatte.

Und es *war* ein exquisites Menü, jeder Gang noch perfekter als der vorige.

Aber White würde ja eine kulinarische Meisterleistung nicht erkennen, selbst wenn sie ihm durchs Hosenbein krabbeln und ihn in den *derrière* beißen würde.

Morgen würde die Kritik in der Zeitung stehen. Bald würden die ersten Gäste ihre Reservierungen stornieren – das hatte er schon allzu oft erlebt. Das einzige Lokal, das durchgehend gute Kritiken von White bekam, war das *Fandingo* in der Crenton Lane, und warum wohl? Weil sie da einen Kellner namens Dave hatten, der dem fetten Schwein während des Essens unter dem Tisch den Schwanz lutschte.

Philippe zog die Tür des Kühlraums auf. Es war Zeit, die letzten Beutel Kenny in den Abfall zu werfen. Sollten die Müllmänner sich um ihn kümmern.

Und da sah er ihn lang ausgestreckt auf den kalten Fliesen liegen: Martin White, käsebleich im Gesicht und steif wie ein Brett.

Mit einem kleinen Lächeln entrollte Philippe sein Messerset und machte sich ans Zerlegen.

IV.
Vier singende Vögel

Agnes steuert gerade mit Verve auf ihren vorgetäuschten Orgasmus zu, als bei Tracy endlich mal jemand an sein verdammtes Telefon geht. Ein »*Hallo?*« dringt aus ihrem Kopfhörer.

»Könnte ich bitte mit dem Hausbesitzer sprechen?« Sie ignoriert die lauten Schreie aus der Kabine nebenan – »Ja! Ja! O GOTT, JA!!!«

»*Wieso?*«

»Ich bin von der Firma *PV-Safe – Lösungen rund ums Haus.* Wenn Sie alle Fenster in Ihrem Haus kostenlos auswechseln könnten, wie viele würden Sie auswechseln?«

»*Himmel, Herrgott noch mal! Ich war gerade im Bad! LASSEN SIE MICH GEFÄLLIGST IN RUHE!*« Das Klappern eines Hörers, der auf die Gabel geknallt wird, dann das gleichgültige »*brrrrrrrrr*« des Wähltons.

Tracy stöhnt, stöpselt ihr Headset aus und hievt sich aus dem Stuhl. Ihre Blase bringt sie fast um. Oder vielmehr, der Babyfuß, der auf ihre Blase drückt, bringt sie fast um. In der einundvierzigsten Schwangerschaftswoche sieht sie aus, als hätte sie eine Couch verschluckt, und fühlt sich auch so. Sie zupft an ihrem geblümten Umstandskleid, das ihr zwischen die Pobacken gerutscht ist. Sehr stilvoll.

Tracy watschelt hinüber zu Mr Aziz, der an dem Schreibtisch neben der Tür sitzt und mit zusammengekniffenen Augen seine Wettzeitung studiert. Offenbar sucht er gerade die Pferde heraus, mit denen er morgen wieder Geld verlieren wird.

Sie streckt die Hand aus. »Pinkelpause.«

Er blickt nicht einmal zu ihr auf. »Schon wieder?«

»Ja, schon wieder.«

Er zuckt mit den Achseln und drückt ihr den Toilettenschlüssel in die Hand. Sie wird pro Anruf bezahlt, deshalb juckt es ihn nicht, wenn sie den ganzen Abend auf dem Klo verbringen will. Fünf Minuten später steht Tracy an der Kaffeemaschine, kaut auf einer Handvoll Magentabletten herum und wartet, bis ihr Kamillentee gezogen hat. Sie atmet das berauschende Aroma des Filterkaffees ein und wünscht inständig, das Baby würde sich ein bisschen beeilen, damit sie endlich wieder normal trinken kann. Sie hat so schon genug am Hals, da will sie nicht auch noch auf Koffein und Alkohol verzichten müssen. Sie nickt, als Agnes auf sie zugehumpelt kommt. »Wie läuft's?«, fragt sie.

Die alte Dame grinst und lässt dabei ihr nagelneues Gebiss sehen. »Einundzwanzig bis jetzt.« Agnes beugt sich vor und flüstert theatralisch: »Ich werde Mr McWhirter einen dieser Cashmere-Pullover von Marks & Spencer kaufen.« Sie streicht sich über die bläulich getönte Betonfrisur. »Und vielleicht lass ich mir vom Weihnachtsmann einen neuen Hut schenken. Was ist mit Ihnen, meine Liebe? Wie kommen Sie so klar?«

Tracy zuckt mit den Achseln. »Ging schon mal besser.« Sie versucht zu lächeln – was riskant ist, weil die Tränen immer auf der Lauer liegen. Besonders, wenn jemand ein wenig Anteilnahme zeigt. »Chloe vermisst ihre Oma, mein Vater ist krank vor Kummer, und John hat seine Arbeit verloren ...« Wie aufs Stichwort werden ihre Augen feucht. »Es tut mir leid.« Sie schnieft, fährt sich mit der Hand über das aufgequollene Gesicht. »Die blöden Hormone machen alles nur noch schlimmer.«

Agnes sagt gar nichts, nimmt sie einfach nur in die Arme. Sie riecht nach Veilchenpastillen, Pfefferminzbonbons und kaltem Zigarettenrauch. »Sie sollten nach Hause gehen«, sagt sie schließlich.

»Ich ... Ich kann nicht.« Tracy zieht ein zerfleddertes Papiertaschentuch aus dem Ärmel und schnäuzt sich. »Wir brauchen das Geld für Mums Beerdigung ...« Schnief.

Agnes blickt sich zu der Reihe von Kabinen um. »Wissen Sie was, bei mir läuft es diesen Monat nicht schlecht, wie wär's, wenn Sie für eine Weile mein Telefon übernehmen? Und ein bisschen ›Sexy Sadie‹ spielen? Leicht verdientes Geld ... Na ja, vorausgesetzt, das ganze Schreien und Stöhnen macht Ihnen nichts aus.« Sie zwinkert. »Macht einen übrigens ganz schön an. Wenn Sie heimkommen, werden Sie es kaum erwarten können, Ihrem Göttergatten die Hose runterzuziehen.«

Tracy ringt sich ein Lächeln ab und deutet auf ihre angeschwollene Leibesmitte. »Damit hab ich mir den Ärger ja überhaupt erst eingebrockt.«

Tracy rutscht auf ihrem Stuhl hin und her. Diese verflixten Hämorrhoiden sind noch schlimmer als die Hormone. Und Agnes' Headset sitzt auch nicht richtig – dauernd bohrt es sich in ihr Ohr. »Ich hab deinen großen, harten Schwanz im Mund, und ich sauge ihn wie …« Sie starrt einen Moment ins Leere. »Wie ein Staubsauger!«

»*Uuuhhhh, aaaahhh, mmmmhhh …*«, kommt es vom anderen Ende der Leitung.

»Mein Gott, du bist ja so groß!« Es hat etwas ausgesprochen Befreiendes, am Telefon mit wildfremden Leuten gespielten Sex zu haben. Sachen zu sagen, die sie in ihren kühnsten Träumen nicht zu John sagen würde. »O ja, das gefällt mir – ich liebe es, wenn du mir in den Hintern beißt!«

»*Uaahhh, aaahhh, ooooaaahhh!*«

»Komm auf meine Titten!«

»*Ooooaaaaaaaahhhhhhhhh!*« Keuch, keuch, keuch. »O Gott …« Seufz.

Tracys Blick geht zur Zeitanzeige – drei Minuten fünfzehn Sekunden. Der Schnellste bisher. Fast hätte sie ihm gesagt, er solle sich keine Gedanken machen, das passiere jedem Mann irgendwann einmal, aber das ist wahrscheinlich nicht das, was der Keucher am anderen Ende hören wollte. Und so sagt sie stattdessen: »Oh, du warst ja soooooo gut! Ich reibe meine großen, festen Brüste mit deiner Soße ein.« Ein paar postkoitale Sauereien dehnen das Ganze auf sechseinhalb Minuten aus.

»Wissen Sie, meine Liebe«, sagt Agnes, lehnt sich an die Trennwand und späht über den Rand ihrer Halbmondbrille, »Sie müssen sie ein bisschen *bremsen*. Wenn sie einmal … Sie wissen schon …« Sie ersetzt das Wort durch eine pumpende

Geste, was ironisch ist, da sie den größten Teil des Abends damit verbringt, wildfremde Männer aufzufordern, sie »härter zu ficken«. »Sie wissen schon. Wenn sie einmal ›fertig‹ sind, legen sie gleich auf, und Sie verdienen nichts mehr an ihnen. Wenn Sie sie länger hinhalten, können Sie viel mehr rausholen. Gehen Sie nicht gleich ans Eingemachte – lassen Sie sie zappeln. So springt viel mehr dabei raus.« Sie blickt nach links und nach rechts, als ob sie im Begriff sei, ein Betriebsgeheimnis zu verraten. »Ich mache immer so einen langen, ausgedehnten Striptease. Das lieben sie.«

»Striptease, ja?«, sagt Daphne McCafferty, deren Kopf aus der Kabine gegenüber auftaucht. »Ich fummel ja am liebsten an mir rum, von oben bis unten. Das macht sie so richtig an, und bei meiner Figur dauert das ewig.« Sie wirft den Kopf in den Nacken und lacht, dass ihr Doppelkinn nur so wackelt. Daphne McCafferty, besser bekannt als Naughty Nikki, wird nächsten April dreiundsechzig.

Die Einzige, die keinen guten Rat parat hat, ist »Busty Becky«, eine Oma aus Dundee mit einem künstlichen Hüftgelenk, weißen Haaren und einem großen beharrten Muttermal am Kinn. Sie sitzt nur da und klappert mit ihren Stricknadeln, während sie ins Mikro stöhnt – im Moment arbeitet sie an einem großen Wollpullover mit einem Rentier vorne drauf, während der Typ in ihrem Kopfhörer sich zum überhöhten Tarif einen runterholt. »Oh, du bist ja so groß!«, sagt sie. Eine links, eine rechts, eine fallenlassen. »Du weißt, dass du es willst. Bettel drum! Bettel mich auf Händen und Knien an!«

Mr Aziz kommt herbei, um zu sehen, warum sie alle herumstehen, anstatt zu telefonieren. »Was ist los?«, fragt er, die Hände so tief in den Taschen seiner Strickjacke versenkt, dass er den Stoff ganz verzieht. »Warum höre ich kein leidenschaftliches Stöhnen?«

Agnes haut ihm auf den Rücken, dass er fast das Gleichgewicht verliert. »Wir weihen gerade die junge Tracy in die Geheimnisse der Branche ein, nicht wahr, Daphne?«

»*Aye*«, sagt »Naughty Nikki« grinsend, »wir machen aus ihr noch ein erstklassiges Telefonsex-Mädel. Wie in dem Film mit Rex Harrison und diesem alten Knacker.« Sie runzelt die Stirn. »Ach, wie hieß der noch mal … Ihr wisst schon, wo dieses Lied drin vorkommt: ›*I'm gettin' married in the mornin'* …‹« Sie stimmt den Song an, Agnes fällt ein, und die Stimmung ist ganz ausgelassen, bis »Busty Becky« aufsteht und ihr Mikrofon mit einer Hand bedeckt. »Könnt ihr vielleicht mal leise sein? Ich bin gerade dabei, es einem Anwalt aus Castleview namens Steve anal zu besorgen, und mein riesiger Strap-on macht ihn ein bisschen nervös.«

Die Gesangseinlage endet mit fröhlichem Grinsen und bedauerndem Seufzen, dann gehen alle wieder an ihre Telefone. Bis auf Agnes und Tracy.

Mr Aziz sieht Tracy stirnrunzelnd an. »Wieso sind Sie jetzt an dem Sexy-Sadie-Anschluss? Ich meine, nichts für ungut, aber ich glaube, für das Telefonsex-Geschäft sind Sie noch ein bisschen zu jung.«

»Ich brauche das Geld für die Beerdigung meiner …«

»Hören Sie, Tracy.« Mr Aziz legt ihr eine Hand auf die Schulter. »Ich mag Sie, und ich verstehe, dass Sie Probleme haben, aber meine Kunden erwarten eine gewisse Service-Qualität, wenn Sie anrufen, um sich einen runterzuholen. Sie …«

»He!« Agnes bohrt ihm den Finger in die Brust. »Jetzt hören Sie mir mal zu, Kamuzu Aziz, dieses arme Mädchen kann genauso gut versaut daherreden wie alle anderen hier. Und sie braucht das Geld!«

»Aber …«

»Nichts aber! Wenn Sie glauben …« Sie blickt zur Kabine – der Sexy-Sadie-Anschluss klingelt. »Na los, Tracy, gehen Sie nur hin. Zeigen Sie ihm, was Sie draufhaben!«

Und das tut sie. Sie legt einen »Striptease« hin und befummelt sich, was das Zeug hält, und der Mann am anderen Ende stöhnt und ächzt und keucht volle fünfzehn Minuten und neunundvierzig Sekunden lang. Mit Abstand Tracys längstes Gespräch an diesem Abend. Sie legt auf und strahlt. Agnes applaudiert ihr.

Mr Aziz zuckt mit den Schultern. »Okay, okay. Sie können den Rest der Nacht Sexy Sadie machen. Aber Sie müssen ein bisschen mehr *stöhnen*. Die Kunden lieben das.« Dann schlurft er wieder zu seiner Wettzeitung zurück.

Tracy blinzelt die Tränen weg. »Danke, Agnes.«

»Gern geschehen. So, und jetzt müssen Sie mich bitte entschuldigen, ich muss noch ein paar zweifelhafte Isolierverglasungen verkaufen.«

Jetzt, da sie die Zauberformel kennt, ist sie nicht mehr zu bremsen. Der nächste Anruf dauert zwanzig Minuten und der danach volle fünfundzwanzig. Wenn sie das jeden Abend machen könnte, wäre sie ihre Geldsorgen los. Na ja, vielleicht nicht ganz, aber sie könnten die Beerdigung bezahlen.

Vielleicht würde Mr Aziz sie ja Vollzeit arbeiten lassen?

Sie könnte »Spanking Susan« oder »Horny Helen« oder »Lusty Laura« sein, mit ihren eigenen sexy Werbekärtchen in sämtlichen Telefonzellen von Oldcastle. Natürlich würde sie sich nicht selbst dafür fotografieren lassen – es wird Monate dauern, ehe sie nach der Schwangerschaft wieder auf ihrem Normalgewicht ist, und sie darf sich auch nichts vormachen: Direkt schlank war sie noch nie. Nein, sie würde es so machen wie alle anderen Frauen und Mr Aziz eine seiner »Nichten« aussuchen lassen, die dann für sie in Stringtanga und Stilettos posiert.

Der nächste Anruf ist irgendwie komisch. Aber nicht komisch im Sinne von witzig. Eine Frau mit einer knurrenden, wütenden Stimme. »*Ich weiß, was du bist! Ich weiß, was du bist!*« Eine Spinnerin, die nur anruft, um Stress zu machen, und zu blöd ist, um zu kapieren, dass sie für jede Sekunde, die der Anruf dauert, bezahlen muss, genau wie die Männer, die anrufen, weil sie wollen, dass jemand ihnen Schweinereien ins Ohr sagt. »*Und ich weiß, wo du bist!*«

Das macht Tracy stutzig. »Wie bitte?«

»*Du hast mich schon verstanden. Ich habe einen Bekannten bei der Polizei. Die haben die Nummer zurückverfolgt. Ich weiß, wo du bist! Du Hure! Du bist ein beschissener Schandfleck für die Menschheit! Hast du verstanden, du HURE?*« Es kommt noch mehr, aber Tracy hört nicht hin, legt einfach auf und lehnt sich zitternd zurück.

Das Telefon klingelt wieder, und sie fährt zusammen, stößt unwillkürlich einen kleinen Schrei aus, doch niemand stört sich daran – Schreien und Stöhnen sind hier schließlich an der Tagesordnung.

Schweigen am anderen Ende der Leitung, und dann: »*Ist*

dort Sadie?« Ein Mann, nicht die durchgeknallte Furie von vorhin. Gott sei Dank.

Vielleicht sollte sie ihre neue Rolle ausprobieren: Dirty Debbie?

Nein, besser, sie wartet, bis sie ihre eigenen sexy Postkarten hat. Und sich ihren eigenen Kundenstamm aufbauen kann.

»Das kannst du mir ruhig glauben.« Sie versucht mit tiefer, erotischer Stimme zu sprechen, aber es klingt eher ein bisschen verschnupft. »Magst du versaute Mädchen?«

»Du klingst nicht wie Sadie ... Ich will mit Sadie reden.« Irgendetwas an der Stimme kommt ihr bekannt vor, aber sie weiß nicht genau, was.

»Ich hab doch gesagt, ich bin Sadie. Wenn du so ungezogen bist, muss ich dir den Hintern versohlen!«

»Ich ...« Wieder eine Pause; offenbar denkt er darüber nach. Er muss einer von Agnes' Stammkunden sein, sonst wüsste er nicht, wie die echte Sadie klingen muss. *»Tja, ich war wohl tatsächlich ungezogen«,* sagt er schließlich.

»Hmmm, na ja, ich denke, da müssen wir wohl irgendetwas tun, findest du nicht?« Sie spult ihre Striptease-Nummer ab, während er am anderen Ende der Leitung wimmert und stöhnt.

Woher kennt sie bloß diese Stimme? Sie klingt so verdammt vertraut ...

Und dann sagt er: *»Böse! Ich bin böse! Schlag mich!«,* und plötzlich weiß sie es. O Gott!

Sie drückt den Knopf und legt auf. Laut Stoppuhr hat der Anruf etwas unter fünf Minuten gedauert. Sie sitzt da und starrt das Telefon an. Da klingelt es erneut.

Geh weg, lass mich in Ruhe!

Nach dem fünfzehnten Läuten späht Agnes über die Trennwand und fragt Tracy, ob alles in Ordnung sei. Das Telefon klingelt weiter. »Ist es das Baby, meine Liebe? Haben Ihre Wehen eingesetzt?«

Tracy reißt ihren Blick vom Telefon los und sieht die alte Dame flehend an. »Nein … Bitte, kann … Ich kann nicht … Es …« Sie setzt ihr Headset ab und weicht aus der Kabine zurück. Ihr Magen revoltiert – es ist wie damals mit der morgendlichen Übelkeit.

Mit besorgter Miene eilt Agnes um die Trennwand herum, nimmt den Anruf an und sagt dem Mann am anderen Ende, was er hören will.

Es ist dumm. Sie bildet sich das nur ein. Viele Leute hören sich am Telefon ganz ähnlich an, vor allem, wenn sie mit Oldcastle-Akzent sprechen.

Agnes arbeitet unterdessen stöhnend und ächzend auf ihren »Höhepunkt« hin. Nur zehn Minuten – sie muss sich wohl Sorgen machen, sonst hätte sie es nicht so schnell beendet. Die alte Dame trennt die Verbindung. »Was haben Sie, Tracy? Mir können Sie's doch sagen: Was ist los?«

Sie deutet auf das Telefon und sagt: »Ich … Ich dachte, es wäre …« Sie errötet, fingert an einem Knopf ihres Umstandskleids herum. »Ach, nichts.«

Agnes grinst. »Ich weiß, was Sie meinen. In den ersten paar Monaten war ich auch überzeugt, dass ich mit meinem Nachbarn rede, mit dem Milchmann, mit dem Jungen, der donnerstags in der Bingohalle arbeitet … Am Ende hab ich mir gesagt: Na und? Sie wissen nicht, dass ich Sexy Sadie bin, was macht es also, wenn ich sie erkenne?

Es ist doch sowieso alles nur Show und Schwindel.« Agnes steht auf und klopft auf den leeren Stuhl. »Kommen Sie. Je eher Sie wieder im Sattel sitzen, desto eher können Sie wieder was verdienen.«

Tracy nickt. Es ist dumm.

Sie nimmt ihren Platz ein.

Agnes reicht ihr das Headset. »Das war einer meiner größten Fans, ruft mindestens zweimal die Woche an. Armer Kerl, kann einem echt leidtun. Seine Frau lässt ihn nicht ran. Weiß gar nicht, was er machen würde, wenn er mich nicht hätte!«

Tracy bringt ein schiefes Lächeln zustande, und sie sagt Agnes nicht, dass sie die Stimme zu kennen glaubt. Sie wählt auch nicht die 1471, um herauszufinden, von wo der Anruf kam. Sie sitzt nur da und starrt das Telefon an, als wolle sie es zwingen, noch einmal zu klingeln und damit die letzte Nummer zu löschen, bevor sie der fatalen Neugier doch noch erliegt.

Es ist dumm. Er war es nicht. Ihr Vater würde doch niemals eine Telefonsex-Nummer anrufen und ihr ins Ohr masturbieren, während ihre Mutter in einem Sarg im Beerdigungsinstitut liegt.

Das Telefon klingelt, und sie muss sich beherrschen, um nicht aufzuschreien. Mit zitternden Fingern setzt sie ihr Headset auf, atmet dreimal tief durch und nimmt den Anruf an.

Und sie denkt, dass es vielleicht schlechtere Jobs gibt, als Isolierverglasungen zu verkaufen.

V.
Fünf goldene Ringe

Es ist nie der richtige Zeitpunkt, einem verstorbenen Familienmitglied ins Gesicht zu blicken. Mr Unwin versteht das nur zu gut, denn er erlebt es jeden Tag.

Mrs Riley ist der jüngste Gast in seiner Welt, der Welt der Mahagonisärge und der schweren Samtvorhänge, des gedämpften Lichts und der beruhigenden klassischen Musik. Und des milden Lavendeldufts, der alles überdecken soll, was die lieben Verstorbenen vielleicht ausströmen mö-gen.

Mrs Riley weint und weint und weint, während Mr Riley sich alle Mühe gibt, seine hochschwangere Frau zu trösten. Sie ist außer sich vor Schmerz: Sie hat ihre Mutter verloren. Er ist stoisch: Er hat seine Schwiegermutter verloren, was ganz und gar nicht dasselbe ist. Nur die kleine Chloe, die ihre Großmutter verloren hat, wirkt vollkommen ungerührt. Sie sitzt neben dem Sarg auf dem Teppich, zupft die Blütenblätter von einer weißen Nelke ab und steckt sie sich in die Nase.

Und die ganze Zeit steht Mr Unwin schweigend an der Tür des kleinen Raums, die Hände vor dem Körper verschränkt, und wartet, bis die Familie fertig ist. Geduld ist eine Tugend. Die Toten lassen sich nicht hetzen.

Schließlich schluchzt Mrs Riley noch einmal auf, und ihr Mann führt sie und die kleine Chloe aus der Kapelle des Abschieds. »Danke«, sagt er und legt Mr Unwin die Hand auf die Schulter. »Sie haben wunderbare Arbeit geleistet. Sie sieht so …« – er blickt sich noch einmal zu dem offenen Sarg um – »so friedlich aus.«

Mr Unwin nickt. »Es freut mich, dass wir Ihnen helfen konnten.« Und er bringt sie zum Ausgang.

»Und?« Mr McNulty rückt seinen Stuhl näher an den Balsamierungstisch, als Mr Unwin in den Präparationsraum zurückkommt. »Sind sie weg?« Er fährt sich mit fleischigen Fingern über den glänzenden Schädel.

»Ja, Duncan, sie sind weg.« Mr Unwin zieht sein schwarzes Jackett aus und hängt es sorgfältig auf, bevor er sich wieder die schwere Gummischürze umbindet. »Tut mir leid, dass es so lange gedauert hat, aber Mrs Riley war ganz verstört.«

Mr McNulty zuckt mit den Achseln, dann nimmt er noch einen Schluck aus seiner Glenfiddich-Flasche. »Haben sie's gesagt?«

»›Ganz friedlich‹? Ja, sie haben es gesagt.« Sie sagen es immer.

»Wirst du *sie* auch ›ganz friedlich‹ aussehen lassen?«, fragt er und deutet auf die dicke, aufgeschwemmte Frau, die nackt auf dem Tisch liegt. »Wirst du …« Noch ein Schluck Whisky. »Wirst du …«

Mr Unwin faltet die Hände und steht reglos da, wie ein Grabstein. »Bist du sicher, dass du dabei sein willst, wenn ich sie präpariere?«

Aber Mr McNulty gibt keine Antwort, starrt nur auf den bleichen, gelblichen Leichnam.

»Duncan, bitte, ich werde mich gut um sie kümmern, das verspreche ich dir. Geh heim und ruh dich ein wenig aus.«

»Nein. Nein, ich will bei ihr sein. Und helfen. Es ist das Mindeste, was ich tun kann …« Er wischt sich mit dem Ärmel die Nase. »Ich … O Gott …« Und dann bricht Mr McNulty in Tränen aus.

Mr Unwin wartet, bis er sich ausgeweint hat, ehe er ihn zur Hintertür eskortiert. »Keine Sorge, sie ist in guten Händen.«

Mr McNulty nickt, wischt sich die Augen und schleppt sich die Treppe hinauf zu seiner Wohnung.

Mr Unwin schließt die Hintertür ab. Dann dreht er sich um und blickt lächelnd auf die Frau, die im Präparationsraum liegt und darauf wartet, dass er sein Wunderwerk vollbringt.

Mrs McNulty war – und ist noch – eine kräftige Frau: hundertfünfzehn Kilo Fleisch, Knochen und Fett. All die Jahre haben sie und Mr McNulty in der kleinen Wohnung über dem Beerdigungsinstitut gewohnt – »UNWIN & McNULTY, BESTATTUNGEN SEIT 1965« – und es ist das allererste Mal, dass Mr Unwin sie nackt sieht.

Er tätschelt ihren bleichen Bauch, die Haut kalt und fettig wie bei einem Hühnchen aus dem Kühlschrank. Aber Mrs McNulty ist kein junges Küken mehr. Nun ja, Mr McNulty ist ja auch nicht gerade das, was man eine gute Partie nennen würde: klein und pummelig, kahlköpfig und miesepetrig. Aber trotzdem ein guter Mann …

Ein ganz *besonderer* Geruch begleitet den Vorgang des Einbalsamierens. Eine Mischung aus rohem Fleisch und Desinfektionsmittel, versetzt mit einem leisen Hauch von Verwesung. Man kann sich daran gewöhnen, aber Mr Unwin hat Jahre dafür gebraucht. Jetzt riecht es für ihn nach Zuhause. Nach gelungener Arbeit. Einer Chance, seine Talente einzusetzen; das zu tun, wozu er geboren ist: die lieben Verstorbenen friedlich aussehen zu lassen.

Und dann, nachdem Mrs McNultys Körperflüssigkeiten durch Konservierungsmittel ersetzt worden sind, nachdem alle, auch die intimsten, Körperöffnungen mit Mullpfropfen verschlossen worden sind, damit Mrs McNulty nicht in ihren Sarg tropft, zieht er seinen Spezial-Werkzeugkasten heran und starrt ihr Gesicht an. Studiert die Falten und Runzeln, die feinen Äderchen in ihren Wangen, das Muttermal an ihrem Kinn mit dem einen langen Haar, die Sommersprossen auf ihrer Stirn. Dann macht er sich an die Arbeit.

Es ist eine Arbeit, die viel Fingerspitzengefühl verlangt. Schon als kleiner Junge im Beerdigungsinstitut seines Vaters hat Mr Unwin damit angefangen. Er besitzt die Gabe: Schicht um Schicht hautfarbener Schminke, schön gemischt, sodass sie einen zarten Schimmer auf die fahle Haut zaubert. Ein dezenter roter Lippenstift, aufgetragen auf die zusammengeklebten Lippen. Lidschatten und Rouge, die grauen Haare sorgfältig gestylt. Als er fertig ist, sieht sie so gut aus wie seit Jahren nicht mehr.

Der Tod steht Mrs McNulty hervorragend. Sie hätte schon vor Jahren sterben sollen.

Mr McNulty hat seiner Frau für die letzte Reise ihre

Lieblingssachen bereitgelegt: ein blaues, knielanges Kleid, eine dichte braune Strumpfhose, schwarze Pumps und eine große Lederhandtasche. Es dauert eine Weile, die Verstorbene anzuziehen, aber Mr Unwin hat jede Menge Übung im Bekleiden von Leichen. Endlich ist sie fertig für ihre letzte Reise.

Es ist ein Stück Arbeit, die Frau seines Geschäftspartners in ihren Sarg zu heben – Walnuss und Ahorn, mit blassblauer Seide gefüttert, die Griffe aus echtem Messing –, doch er schafft es. Mrs McNulty mag dank seiner Bemühungen besser aussehen als je zuvor, aber leichter ist sie dadurch nicht geworden.

Sie sieht so friedlich aus, wie sie da vor ihm liegt, und Mr Unwin hält einen Moment inne, um einen Dank für ihr Leben zu sprechen, bevor er sie in die Abschiedskapelle rollt, wo sie die Nacht mit Mrs Rileys Mutter verbringen wird. Zwei alte Damen, harmonisch vereint in der ewigen Ruhe.

Und jetzt bleibt nur noch eines zu tun.

Mr Unwin nimmt Mrs McNultys Hände, arrangiert sie auf ihrer Brust, die rechte über der linken, und klebt sie zusammen, damit sie auch so liegen bleiben. Manchmal verrutschen die lieben Verstorbenen beim Transport, oder durch den Temperaturunterschied zwischen dem Bestattungsinstitut, dem Leichenwagen und einer kalten, zugigen Kirche ziehen sich ihre Sehnen zusammen. Das kann für die Angehörigen sehr verstörend sein. Und mit Kontaktkleber lässt sich so manche Sünde kaschieren.

Zurück im Büro, nimmt Mr Unwin hinter seinem Schreibtisch Platz und blickt über die dunklen Dächer von

Oldcastle hinweg. Noch acht Tage bis Weihnachten, doch im Beerdigungsinstitut steht kein geschmückter Baum, hängen keine bunten Karten an der Leine. Dies ist kein Ort zum Feiern, es ist ein Ort des stillen Respekts und der Trauer.

In seinem Schreibtisch steht eine Flasche Highland Park, und er schenkt sich einen bescheidenen Schluck ein, gibt einen Spritzer Wasser dazu, um das Aroma des Whiskys freizusetzen. Er hebt sein Glas und prostet der schlafenden Stadt zu. »Auf Mrs McNulty – mögest du im Tod den Frieden finden, den du deinem Mann im Leben verwehrt hast.« Und deshalb hat Mr McNulty sie auch die Treppe hinuntergestoßen, wobei sie sich den Schädel und das Genick gebrochen hat.

Mit einem feinen Lächeln schließt Mr Unwin seine Schreibtischschublade auf und nimmt eine lange Holzkiste heraus. Öffnet sie mit einem kleinen goldenen Schlüssel – *klick* –, und der Inhalt funkelt im gedämpften Licht. Eheringe: große und kleine, neue und alte, alle von den Fingern der teuren Verstorbenen gezogen oder geschnitten. Er fügt Mrs McNultys Ring hinzu und registriert bewundernd, wie er sich in das Ensemble einfügt. So viele Leben. So viel Liebe. So viel Leid.

In einer anderen Kiste bewahrt er die abgetrennten Finger auf.

Mit Kontaktkleber lässt sich so manche Sünde kaschieren.

VI.
Sechs Eier legende Gänse

Kathy Geddes war offensichtlich nicht in der Verfassung, einen Ausbruchsversuch zu wagen – so, wie sie sich dahinschleppte, geplagt von Hämorrhoiden und Narbenschmerzen. Aber das hieß noch lange nicht, dass man sie unbeaufsichtigt im Castle-Hill-Krankenhaus herumlaufen ließ.

Val McIntyre trottete neben ihr her, die Hände in den Taschen ihrer Uniformhose. Natürlich hätte sie auch Zivil tragen können, das Ganze wie eine Undercover-Operation angehen, aber das hätte bestimmt Ärger gegeben. Nein, Gefängnisaufseher trugen nicht umsonst Uniform – so konnte man sofort sehen, wer wer war. Und außerdem wäre es ihr irgendwie nicht richtig vorgekommen, ohne Uniform eine Gefangene zu eskortieren. Ohne das beruhigende Gefühl des Schlüsselbunds, der bei jedem Schritt klirrend gegen ihr Bein schlug.

Geddes humpelte mit schmerzverzerrtem Gesicht die Treppe hinunter und über den Flur hinaus in einen kleinen, kahlen Hinterhof, der auf vier Seiten von schmutzigen Backsteinmauern und flechtenbewachsenem Beton eingefasst war. Das Krankenhaus hatte genau in der Mitte des

Hofs eine Art Wartehäuschen aufstellen lassen, damit die Patienten ihrer Nikotinsucht frönen konnten, ohne sämtliche Rauchmelder im Gebäude auszulösen.

Ein asthmatischer alter Mann duckte sich in eine Ecke der Raucherhütte, einen Infusionsständer in der einen und eine zerfledderte Selbstgedrehte in der anderen Hand.

Val wartete, bis er fertig war und davonschlurfte, ehe sie die Arme verschränkte und Geddes kritisch beäugte. »Sie wissen, dass Sie eigentlich nicht rauchen sollten.«

»Leck mich!« Sie zog genüsslich an ihrer Zigarette und blies den Rauch gegen die Decke.

»Sie sollen doch stillen!«

»Scheiß drauf! Der kleine Bastard beißt mir bloß die Nippel blutig. Die seh'n jetzt schon aus wie Hackfleisch. Er kann aus der Flasche trinken.«

»Nennen Sie ihn nicht so.«

»Wie – ›Bastard‹? Warum denn nicht? Das isser doch, oder? Hab keinen blassen Schimmer, wer sein Vater ist.«

»Ich mag das nicht.« Val kehrte ihr den Rücken zu und starrte durch die regennasse Scheibe hinaus in den Hof. Na ja, dachte sie, bald haben wir es hinter uns. Gott sei Dank.

Hinter ihr summte Kathy etwas, was entfernt nach einem Weihnachtslied klang. Dabei deutete in der Raucherhütte nichts auf das bevorstehende Fest hin; der einzige »Schmuck« war ein großes Poster mit der Mahnung »RAUCHEN TÖTET!«.

»Wann besorgen Sie mir endlich meinen Wodka?«

»Sie sollen für das Baby sorgen und es nicht zum Alkoholiker machen!« Sie straffte die Schultern und sagte im strengen Gefängnisaufseherinnen-Ton: »Das reicht jetzt. Wir gehen zurück auf die Station.«

»Aber ich *will* nicht!« Quengelnd wie ein bockiges Kind. »Ich hab die Schnauze voll von diesem Scheiß!«

»Das hätten Sie sich überlegen sollen, bevor Sie sich haben schwängern lassen, Sie egoistisches kleines …« Val rieb sich das Gesicht, atmete tief durch. »Tut mir leid. Ich hab's nicht so gemeint. Es war eine lange Woche.«

Geddes zuckte nur mit den Schultern und trat wieder hinaus in den Regen.

Das Krankenhaus, mit vollem Namen Oldcastle Royal Infirmary, brütete am Südosthang von Castle Hill vor sich hin. Das alte Gemäuer war ein Zeugnis viktorianischen Bürgerstolzes, ein Monstrum aus rotem Backstein mit langen, verschlungenen Korridoren. Irgendwann in den späten Sechzigern hatte die Stadt den Bau um zwei riesige Flügel aus Glas, Stahl und Beton erweitert.

Die Entbindungsstation war im alten Teil.

Sie hatten Kathy Geddes ein Einzelzimmer gegeben. In einer abgelegenen Ecke, wo sie die anderen Mütter nicht mit ihren Vorstrafen schockieren würde: Körperverletzung, unzüchtiges Verhalten, Trunkenheit in der Öffentlichkeit, Prostitution, Raub – und die Krönung: versuchter Mord.

Sie verdiente es nicht, ein Kind zu haben. Sie war den drei Kindern, die sie schon hatte, eine schreckliche Mutter, ganz zu schweigen von dem Neugeborenen; sie trank, rauchte, nahm Drogen … Ganz anders als Val. Val und ihr Mann machten alles richtig, folgten gewissenhaft den ärztlichen Anweisungen, aber konnte *sie* vielleicht schwanger werden? Nein. Geddes warf wie ein verdammtes Karnickel, und Val konnte nicht mal *eines* bekommen.

Sie saß auf dem unbequemen Besucherstuhl und bewachte das Kinderbettchen, während Geddes Chips mampfte und auf die Mattscheibe starrte.

»Rolf« – so hatte sie ihren kleinen Jungen genannt. »Rolf Ainsley Schofield Geddes.« So eine dürfte gar keine Kinder kriegen. Das arme Kind so zu quälen.

Jeder, der nicht ganz verblödet war, konnte sehen, dass er kein »Rolf« war – er war ein Brian oder ein Donald. Ja, eindeutig ein Donald.

Er gähnte und ließ sie sein kleines rosa Mündchen mit der kleinen rosa Zunge sehen. Donald MacIntyre. Das hatte einen ganz besonderen Klang. Donald Philip MacIntyre. Philip nach ihrem Vater, der gestorben war, ohne je einen Enkel gehabt zu haben.

Geddes stopfte sich noch eine Handvoll Chips rein und kaute mit offenem Mund.

Es war einfach nicht *fair.*

Um zehn Uhr abends kam eine Schwester mit dem Teewagen vorbei. Sie hatte ein Rentiergeweih aus Filz auf dem Kopf und trug Ohrringe in Form von blinkenden Schneemännern. Geddes verzog das Gesicht. »Dieser Scheißtee schmeckt wie warme Pisse. Und wieso kann man beim NHS eigentlich keine anständigen Kekse kriegen?«

Die Schwester stellte Val mit einem resignierten Seufzer eine Tasse Kaffee hin. Dann zog sie weiter, um die anderen Mütter mit ihrer fröhlichen Weihnachtsstimmung anzustecken.

Jetzt waren sie ganz für sich. Nur Kathy, Val und der kleine Donald.

»Na schön«, sagte Val und stellte ihre leere Tasse auf dem Nachttisch ab. »Sind Sie auch sicher, dass Sie das schaffen?«

»Klar schaff ich das.« Kathy hievte sich aus dem Bett. »Macht mich total kirre, hier den ganzen Tag rumzuhocken.«

»Was ist mit der Narbe?«

»Scheiß auf die Narbe.« Sie zog ihr OP-Hemdchen aus und stand da in ausgebeultem BH und grauer Unterhose, ihr Bauch angeschwollen und schlaff zugleich. »Helfen Sie mir vielleicht, oder was?«

Val nickte, atmete tief durch und half Geddes in die nagelneuen Kleider. Dann trat sie zurück, während Geddes sich im Spiegel betrachtete. »Ist das nicht besser?«

»Scheiße, ey …« Geddes zupfte an dem Top herum, das Norman in dem großen Marks & Spencer in der Dundas Road gekauft hatte. »Ist Ihr Alter blind oder was? Was soll das denn sein, hm?«

»Sie sehen gut aus.«

»Ich seh aus wie 'ne Vogelscheuche …«

Val zog sich bis auf die Unterwäsche aus und schlüpfte dann in eine hellbraune Baumwollhose und ein rosa Sweatshirt. Dann zog sie ein Baby-Tragetuch darüber, an dem noch das Preisschild von John Lewis hing. Sie stopfte ihre und Geddes' abgelegte Kleider und ein paar Vorräte in eine große graue Reisetasche. Windeln, Watte, Einmalhandschuhe, Feuchttücher und dergleichen mehr.

Sie gab Kathy eine große grüne Baseballkappe mit der Aufschrift *Oldcastle Tigers*. »Sind Sie so weit?«

»Sie müssen den kleinen Bastard tragen – mein Arsch bringt mich um.« Sie spähte durch den Vorhang auf den Flur hinaus. »Sind Sie sicher, dass uns niemand sieht?«

»Komm, mein Schätzchen, komm zu Tante Val …« Sie hob ihn aus seinem Bettchen, wickelte ihn in eine nagelneue kuschlige Decke ein und legte ihn in das Baby-Tragetuch. Wohlige Wärme durchflutete sie wie Sonnenstrahlen, als sie in Donalds kleines rosiges Gesicht hinabschaute. Er war vollkommen. Absolut perfekt und vollkommen.

»Haben Sie's bald? Ich kann's nämlich nicht erwarten, hier zu verschwinden.«

Val zog einen langen Mantel an und knöpfte ihn über Donald in seinem Tragetuch zu, um ihn vor neugierigen Blicken zu verstecken. Eine zweite Baseballkappe vervollständigte die Verkleidung. Jetzt würde nicht mal mehr ihre eigene Mutter sie erkennen.

Auf dem Flur war alles still, nur das leise Gurgeln und Brummen der Heizanlage des Krankenhauses begleitete sie, als sie am Kreißsaal, den Untersuchungsräumen und dem Geburtsbecken vorbeigingen.

Das Schwesternzimmer war nicht besetzt – zehn nach zehn, genau nach Plan. Die diensthabende Schwester war jetzt unterwegs, um alles für die Visite am nächsten Morgen vorzubereiten. Keine Zeugen.

Sie gingen weiter und verließen die Station, die Köpfe gesenkt, um nicht von den Überwachungskameras erfasst zu werden.

Fünf Minuten später standen sie draußen in der frischen Dezemberluft. Sonntagabend, eine Woche vor Weihnachten. Und alles lief wie am Schnürchen. Val starrte hinaus auf den Parkplatz, dann zur Straße hinter dem Zaun. Alles leer und verlassen. Keine Spur von Norman oder dem Auto.

Val sah auf ihre Uhr: zehn Uhr einundzwanzig. »Wir sind vier Minuten zu früh. Keine Sorge, er kommt schon noch.«

»Das will ich hoffen! Ich geh nicht in dieses beschissene Gefängnis zurück!«

»Psst! Was ist, wenn Sie jemand hört?«

»Ich geh nicht zurück! Wenn ich zurück muss, erzähl ich denen alles über Sie!«

»Er ist … Er ist …« Komm schon, Norman. Er würde sie doch nicht so im Stich lassen, *niemals*. Vielleicht war er aufgehalten worden, oder …

Auf der anderen Seite des Zauns leuchtete ein Scheinwerferpaar auf. »Da!« Sie fasste Geddes' Ellbogen und eilte mit ihr die Rollstuhlrampe hinunter zur Straße. Bugsierte sie auf den Rücksitz des Volvo Kombi. Val setzte sich mit Klein-Donald nach vorne zu Norman.

Geddes trat gegen die Rückenlehne von Normans Sitz. »Wurde aber auch höchste Zeit, dass Sie auftauchen! Und was sollen das eigentlich für Klamotten sein?«

Norman warf Val einen verstohlenen Seitenblick zu und sagte: »Hinten drin ist ein Koffer, da ist alles mögliche Zeug drin. Ich wusste ja nicht, was Ihnen gefällt, also …«

»Nicht noch mehr von diesem hässlichen Omazeugs!«

»Die Kleider sind absolut in Ordnung.«

»Ja, wenn man *sechzig* ist. Ich …«

Val schnallte sich an und achtete darauf, dass sie den kleinen Donald unter ihrer Jacke nicht einklemmte. Er sollte eigentlich in einem Kindersitz sein, aber damit hätten sie alles verraten. Außerdem würde es bedeuten, ihn aus der Hand zu geben. Und Norman fuhr wirklich *sehr* vorsichtig. »Können wir jetzt einfach fahren?«

Der letzte Zug nach Aberdeen ging erst um zehn nach elf, und so saßen sie auf dem Parkplatz des Nordbahnhofs am Blackwall Hill und aßen Fish and Chips.

Geddes trat wieder gegen Normans Sitz. »Wie spät is' es?«, fragte sie, den Mund voller Pommes.

»Zehn vor elf.«

»Scheiße noch mal. Wo ist meine Fahrkarte?«

Norman seufzte und gab sie ihr. »Ich habe Ihnen für diese Nacht ein Zimmer in einem kleinen B&B reserviert, und für morgen früh ein Taxi, das Sie zur Fähre bringt, also …«

»Und mein Geld?«

Wieder ein Seufzer, diesmal begleitet von einem Umschlag.

Geddes riss ihn auf und zählte die Scheine. »Wo ist der Rest?«

Val drehte sich auf ihrem Sitz um, so weit, wie es ging, ohne den kleinen Donald zu stören. »Das ist alles. Das hatten wir ausgemacht!«

»Schon, aber ich hab nachgedacht. Der kleine Rolf ist mein Fleisch und Blut, nicht wahr? Ich *liebe* den kleinen Bastard. Ich glaub nicht, dass ich ihn für lumpige dreitausend weggeben kann. Versteh'n Sie? Da krieg ich ja mehr, wenn ich ihn auf eBay anbieten tu.« Sie lächelte. »Ich will sieben.«

Im Auto war es plötzlich ganz stil.

Norman starrte vor sich hin. »So viel haben wir nicht.«

»Leihen Sie sich's. Ich seh jetzt schon seit drei Tagen diese blöde Werbung: ›Interessiert an einem günstigen Privatkredit?‹ Siebentausend, oder ich nehm den kleinen Scheißer mit nach Aberdeen.«

»Wir … Es wird Tage dauern, so einen Kredit zu organisieren …«

»Ist doch kein Problem, Sie können das Geld schicken. Ich behalt einfach den Kleinen, bis ich es hab.« Sie stopfte den Umschlag mit den dreitausend Pfund in den Ausschnitt ihres »Oma«-Tops.

»Nein!« Val zuckte zurück und legte die Hände schützend über Klein-Donalds Kopf. »Sie können ihn mir nicht wieder wegnehmen. Ich *brauche* ihn!«

»Schauen Sie einfach zu, dass Sie die restlichen viertausend beibringen, dann gehört er Ihnen.« Sie öffnete die Tür. »Und jetzt her mit dem Kind.«

Val packte Normans Arm. Tränen trübten ihren Blick. »Du kannst nicht zulassen, dass sie ihn mitnimmt!«

»Ich …« Norman biss sich auf die Lippe. »Ich hab meine Abfindung zu Hause.«

»Wie viel?«

Er schloss die Augen und seufzte. »Genug.«

Kathy schlug die Tür wieder zu. »Okay, holen wir es.«

Norman fuhr die Shalster Road hinunter und hielt sich streng ans Tempolimit, um nur ja keine Aufmerksamkeit zu erregen. Vorbei am Montgomery Park, über den River

Wynd hinweg und hinauf nach Castleview, und weiter über die Stadtgrenze hinaus in die Dunkelheit.

»Wo zum Teufel wohnen Sie eigentlich, in einer Höhle oder was?«

Val schüttelte den Kopf. »Wir haben ein kleines Cottage auf der anderen Seite des Hügels. Hinter Dundas Woods, wissen Sie?«

»Sieht euch ähnlich. Landeier.«

Zehn Minuten rumpelten die Räder des Volvo durch Schlaglöcher, als Norman den Wagen auf einem holprigen Wirtschaftsweg immer tiefer in den Wald hineinmanövrierte. Die Scheinwerfer strichen über das Unterholz und ließen es in unheimlichen Schattenspielen tanzen und wirbeln. Das Geruckel behagte Klein-Donald gar nicht, er wurde immer quengeliger.

»Wie zum Teufel können Sie hier draußen in der Pampa wohnen? Schon mal was von Zivilisation gehört? Mann, wenn Sie mein Kind hier großziehen wollen, kostet's Sie *achttausend*. Armer Kerl. Also, ich ...«

Norman hielt an. »Wir sind da.«

Geddes sah sich suchend um und drückte ihr Gesicht an die Scheibe. »Wo ist denn das Haus?«

»Da drüben.« Er deutete auf einen dunklen Schatten zwischen den Bäumen und schaltete die Innenbeleuchtung ein. »Val, wie wär's, wenn du hierbleibst, während ich das Geld holen gehe?«

Und in diesem Moment fing Donald an zu schreien.

»Er hat sicher Hunger ...« Val hob das Baby aus dem Tragetuch und hielt es Geddes hin. »Können Sie ihn bitte stillen?«

»Nix da. Ich hab doch gesagt, meine Nippel sind ...«

»Bitte!«

Sie stöhnte und drehte die Augen nach oben. »Achttausend. Her mit dem kleinen Scheißer.«

Val reichte ihn vorsichtig nach hinten, und Geddes zog ihr Oberteil hoch, packte eine blasse, angeschwollene Brust aus und stopfte die Warze in Donalds schreiendes Mündchen. Er gurgelte ein paarmal, dann hörte man nur noch leises Nuckeln. Sie warf Norman einen bösen Blick zu. »Was ist – noch nie 'ne Titte gesehen? Na los, gehen Sie und holen Sie mein Geld!«

Norman wurde rot. Er entschuldigte sich und kletterte hinaus in die Nacht.

Es dauerte fast eine halbe Stunde, bis Klein-Donald fertig war, und inzwischen war Geddes so richtig mies drauf. »Jetzt hab ich den verdammten Zug verpasst. Und wo bleibt Ihr beschissener Alter mit der Kohle?«

Sie gab Val das Baby zurück und verstaute ihre Brust in dem ausgeleierten BH. Es klopfte am Fenster, und Geddes zuckte zusammen. »Aaaah ... Der alte Lustmolch hat die ganze Zeit da draußen gestanden und gespannt. Hat sich wahrscheinlich einen runtergeholt, der ...« Sie drehte sich zum Fenster, packte ihre Brüste und wackelte damit. »Na los, mach ein Foto, du perverse *Sau*!«

Die Tür ging auf, und Norman beugte sich herein. »Das ist für Sie ...« Er schlug Geddes die Faust ins Gesicht. Sie wollte schreien, doch da schlug er noch einmal zu und zerrte sie dann an den Fußgelenken aus dem Auto.

Ein Rechteck aus Licht fiel aus der Fondtür des Wagens auf Norman, als er Kathy auf den Boden fallen ließ und dann seelenruhig zum Kofferraum ging. Als er zurückkam, hielt er einen Reifenheber in der Hand.

Geddes wollte ins Gebüsch davonkrabbeln, aber er packte sie, drückte sie auf den Boden und prügelte mit dem Reifenheber auf sie ein. Ihr Körper zuckte unter den Schlägen, während das dumpfen Klatschen und das gedämpfte Knacken im stillen Wald verhallten.

Hinterher saßen sie im Auto, Val und ihr tapferer Norman, hielten Händchen und blickten selig auf ihren neuen Sohn hinab. Er war vollkommen.

»Siehst du«, sagte Val, glücklich und zufrieden wie nie zuvor in ihrem ganzen Leben, »ich hab dir doch gesagt, es wird funktionieren.«

»Ja. Ja, das hast du gesagt.« Norman beugte sich herüber und küsste sie, dann wendete er den Wagen und fuhr seine Familie nach Hause.

VII.
Sieben schwimmende Schwäne

Der Himmel glänzt rosig im Schein der späten Morgendämmerung: Viertel nach neun an einem kalten Dezembertag, und die Luft ist frisch. Normalerweise würden sie zum Rudersee im Montgomery Park gehen, aber heute ist ein besonderer Tag: Heute fahren sie über den Fluss.

Ausgelassenes Kreischen und Kichern hallt über das dunkle, träge Wasser, als die kleine Flotte von Ruderbooten von Dundas House ablegt. Die Mädchen sind laut und übermütig – ganz aufgedreht, weil sie die Regionalausscheidung gewonnen haben und zur schottischen U15-Meisterschaft nach Edinburgh fahren dürfen. Das ist ihr Tag, und sie werden ihn in vollen Zügen genießen.

»Entschuldigen Sie, Sir.« Es ist Sarah Morrison: Brustschwimmen, hoch aufgeschossen und schlaksig, mit langen roten Haaren und einem Teint wie ausgebleichte Knochen; mit ihren knapp zwölf Jahren an der Schwelle vom selbstbewussten kleinen Mädchen zum schüchternen Teenager. »Werden wir lange auf der Bellows-Insel sein?«

James Kirkhill blickt sich zu der Insel in der Mitte des Flusses um, die die Form einer riesigen Nacktschnecke hat. Zwei alte, verfallene Gebäude stehen zwischen Felsen und

Gras herum und brüten stumm vor sich hin. Trauern um ihre verschwundenen Bewohner. Auf dem ausgeblichenen blau-weißen Schild heißt es immer noch »MACANDREW'S SANATORIUM«, aber seit dem Ende des Zweiten Weltkriegs ist hier niemand mehr behandelt worden. »So etwa vier Stunden – reichlich Zeit, um ein paar Skizzen zu zeichnen oder Fotos zu machen ...« Er stößt den Korb an, der zu seinen Füßen steht. »Und für ein Picknick am Mittag. Wieso?«

»Ach ...« Sie errötet und wendet den Blick ab. »Wollt's einfach nur wissen.«

James zwinkert ihr verschmitzt zu, dabei könnte er ihr Großvater sein. »Du musst rechtzeitig zurück sein, weil du ein heißes Date hast, geht es darum?«, fragt er. »Wer ist denn der Glückliche?«

Sarahs Kopf sieht aus, als müsse er jeden Moment vor Verlegenheit explodieren. Die beiden anderen Mädchen im Boot lachen. Sie murmelt etwas und legt sich mit verdoppelter Anstrengung in die Riemen. Die Ruderblätter durchschneiden die Wasserfläche. Danielle, die neben ihr sitzt, betrachtet das als Herausforderung und hält Zug um Zug mit ihr mit.

»Nicht so schnell, Mädels, nicht so schnell ...« James hebt die Hände und grinst. »Wenn ihr so weitermacht, landen wir noch in Norwegen. Die anderen kommen ja gar nicht nach.«

Danielle. Man sieht die Goldmedaille schon um ihren Hals hängen. Allseits beliebt, frühreif, freundlich, attraktiv, intelligent, aufgeschlossen, und eine Wahnsinnsschwimmerin. Wenn man ihr noch vier Jahre Zeit lässt, wird nichts und niemand sie mehr aufhalten können. Die ganze Welt steht Danielle offen. Sie ist ein Star.

Eine halbe Stunde später machen sie am alten Anleger fest, klettern die Steinstufen hinauf und laufen kreuz und quer über die Insel.

James holt tief Luft und formt seine Hände zu einem Megafon. »Seid *vorsichtig*. Geschwommen wird nicht, und achtet drauf, dass immer jemand in eurer Nähe ist!« Seine Worte verhallen ungehört zwischen den Mauern der leerstehenden Gebäude. »Ich meine es ernst!«

James schlingt den Schal fest um seinen Hals und macht sich auf zu einem flotten Spaziergang rund um die Insel, um sich warm zu halten. Schließlich findet er ein Fleckchen auf der windabgewandten Seite des Personalflügels, wo die Morgensonne den Reif auf dem Gras weggeschmolzen hat. Es leuchtet sattgrün wie …

»Und waren Sie zu diesem Zeitpunkt allein?«

James Kirkhill blickte vom Tisch auf und blinzelte. Als versuchte er sich zu erinnern, wo er war. Vernehmungsraum 6 war im alten Teil des Polizeipräsidiums: abblätternde Farbe, fleckiger Teppichboden, zerkratzter Tisch und knarrende Plastikstühle. Ein Nachtspeicherofen tickte in der Ecke vor sich hin und erfüllte die Luft mit dem Geruch nach verbranntem Staub, zu dem DI George »Stinky« McClain noch den Mief von ungewaschenen Achselhöhlen beisteuerte. Er konnte nichts dafür. Es war so eine Drüsengeschichte. Aber James Arnold Kirkhill schien nichts davon zu bemerken; er saß nur da und starrte die Tischplatte an.

Er war Englischlehrer an der Kingsmeath Secondary: Mitte fünfzig, leichtes Übergewicht, schicke ovale Brille und tiefe dunkelblaue Ringe unter den Augen. Wirre graue Haare und ein Zwölf-Stunden-Schatten am Kinn.

Wenigstens hatte er aufgehört zu weinen. Laut dem DS, der ihn nach dem Unfall befragt hatte, hatte der Mann anfangs vor lauter Heulen kaum ein Wort hervorgebracht.

»Ob ich allein war? Ich … Ich glaube, ja.« Er schlang die Arme um sich. »Es war die einzige warme Stelle auf der Insel, und ich bin … na ja, ich habe mir vor ein paar Jahren das Sprunggelenk gebrochen, und bei Kälte tut es immer noch weh. Ich wollte mein Buch lesen.«

»Aber das haben Sie nicht getan?«

Stirnrunzeln. »Was?«

»Sie sagten, Sie *wollten* Ihr Buch lesen. Das impliziert, dass etwas dazwischengekommen ist.«

»Oh … Nein, nein, das war nur so dahergesagt. Ich habe einen Ruth-Rendell-Krimi gelesen.« Ein flüchtiges Lächeln. »Meine heimliche Leidenschaft.«

»Okay. Sie waren also allein mit Ruth Rendell. Niemand sonst war in der Nähe. Und was ist dann passiert?«

»Das habe ich doch alles schon gesagt.«

»Ich weiß, aber es ist besser, wenn ich es aus erster Hand höre. In Ihren eigenen Worten.« Eine lange Pause trat ein. George trommelte mit den Fingern auf den Tisch. »Möchten Sie vielleicht eine Tasse Tee? Ich kann DC Richardson danach schicken, wenn Sie möchten?«

Kirkhill sagte keine Wort. Er schüttelte nur den Kopf und ließ einen tiefen, stockenden Seufzer entweichen.

Die Mädchen amüsieren sich prächtig. Es war einiges an Organisation nötig – nicht viele Menschen besuchen heutzutage die Bellows-Insel –, aber James wusste, dass sie begeistert sein würden.

Das ist das Schöne daran, wenn man den U15-Schwimmclub trainiert: der Enthusiasmus. In ein paar Jahren werden sie alle mürrische, zynische Teenager sein. Aber im Moment sind sie noch jung genug, um Spaß zu haben, ohne zu viel darüber nachzudenken.

Nun ja, alle bis auf Sarah. Sie sitzt abseits von den anderen und starrt über den Kings River zur Burg hinüber. Mit schmachtendem Blick.

Wahrscheinlich denkt sie an ihren Freund.

Um halb eins ruft James sie alle zusammen. Es ist Zeit für das Picknick. Aus allen Richtungen kommen sie angerannt, lachend, Atemwolken hinter sich herziehend.

Danielle übernimmt die Rolle der »Mutter«, verteilt die Sandwichs und diese vegetarischen Dinger, während James ein paar Thermosflaschen aufschraubt und Tomatencremesuppe in Styroporbecher gießt. Vom Dampf beschlagen seine Brillengläser.

Nach dem Essen packen sie alles wieder in den Picknickkorb, und dann geht es zurück in die Boote für die Heimfahrt.

Sarah ist nicht bei der Sache, sie rudert schlampig. Ihre Fingernägel sind schon fast blutig gekaut. Danielle versucht sie aufzumuntern, aber es hilft nichts.

Sie sieht James an, verdreht die Augen und zieht eine Grimasse. Ist Sarah nicht *albern* …?

Und dann – ein lauter Schlag, das Boot macht einen

Ruck zur Seite. Danielle ist gerade in der Ruderbewegung und hat sich halb aus ihrem Sitz erhoben, als es passiert. Gerade ist sie noch im Boot, im nächsten Moment treibt sie in den dunklen, wirbelnden Fluten.

Du lieber Gott …

Eine Sekunde verstreicht, ehe irgendjemand reagieren kann. James hastet gleich zum Dollbord, streckt die Hände nach ihr aus, doch sie ist verschwunden.

Da, einen Meter vom Boot entfernt – ein blonder Haarschopf, ein wild rudernder Arm, ein schriller Schrei. Er packt Danielles herrenloses Ruder und versucht sie damit zu erreichen.

Spritzendes Wasser.

Panik.

Sarah schreit.

Danielle taucht wieder auf, hellrotes Blut strömt ihr übers Gesicht, sie prustet, rudert mit Armen und Beinen im kalten Wasser. Und da …

»Ich dachte, Sie hätten gesagt, sie war eine exzellente Schwimmerin.« George lehnte sich auf seinem knarrenden Plastikstuhl zurück und sah Kirkhill forschend an.

»Sie … Wir hatten gerade gegessen. Es war bitterkalt. Der Schock muss furchtbar gewesen sein. Sie bekam wohl keine Luft mehr …«

»Warum trug sie keine Rettungsweste?«

»Ich …« Er schüttelt den Kopf und erschaudert. »Ich weiß es nicht, ich dachte, sie hätte sie an, aber …«

»Also haben Sie versucht, mit dem Ruder an sie heranzukommen?«

Sie treibt immer weiter vom Boot weg, wühlt das Wasser ringsum auf, und ihr Kopf sinkt unter die Oberfläche. Um ihn herum kreischen die Mädchen, während er mit dem Fluss um Danielles Leben kämpft.

Sie ist zu weit weg.

Er stößt Sarah auf den Boden des Boots, packt beide Riemen und rudert mit aller Kraft, bis seine Muskeln schmerzen und das Holz knarrt. Schneller, du musst *schneller* rudern.

Das ist seine einzige Chance. »Fass meine Hand!«

Sie greift danach, doch ihre Finger gleiten durch seine. Danielle geht wieder unter. James taucht seinen Arm in das eisige Wasser, beißt die Zähne zusammen und ignoriert den Schmerz. Er greift nach ihr …

Sie kämpft noch … so *kalt* – und dann ist sie weg.

»Ihre …« Kirkhill schluckte, und wieder kamen ihm die Tränen. »Wir haben sie an der Calderwell Bridge gefunden, da war sie hängen geblieben. Sie … Sie war … O Gott …« Er vergrub das Gesicht in den Händen und schluchzte.

»Verstehe.« George zog einen Bogen Papier aus dem vorläufigen Bericht der Rechtsmedizin. »Wir haben Danielle obduzieren lassen – reine Routine, das machen wir nach jedem tödlichen Unfall. Sie sind ein ganz, ganz böser Junge gewesen, nicht wahr, Mr Kirkhill?«

Der Lehrer starrte ihn an, sein Unterkiefer bewegte sich, doch es kam kein Wort aus seinem Mund. Er räusperte sich. »Ich … Ich weiß nicht, wovon Sie reden.«

»Nein? Soll das heißen, dass Sie sich nicht erinnern,

ein Mädchen in Ihrer Obhut sexuell missbraucht zu haben?«

»Was?« Seine Augen weiteten sich. »Nein … Ich? Niemals!«

»Schluss mit dem Theater, Kirkhill. Der Rechtsmediziner sagt, Danielle war sexuell aktiv, und raten Sie mal, was wir gefunden haben, als wir uns ihr Tagebuch vorgenommen haben?« Er hielt einen transparenten Beweismittelbeutel hoch, der eine rosa Kladde enthielt. Der feste Einband mit blauen Kuli-Herzchen verziert.

»Ich hab sie nie angerührt! Ich schwöre es!«

»Sie war hübsch. Ich habe sie gesehen, bevor sie sie aufgeschnitten haben. Sehr gut entwickelt für eine Zwölfjährige. Haben Sie ihr gesagt, dass Sie sie zur Frau machen würden?«

»Ich habe sie nicht angerührt!«

»Und was ist dann hiermit?« George zog das rosa Tagebuch aus dem Plastikbeutel und schlug es auf. Eine Seite war mit einem gelben Klebezettel markiert. »Dreizehnter Juli. James ist heute nach dem Schwimmtraining zu mir gekommen. Er sieht so gut aus mit seiner neuen Brille. Er hat gewartet, bis die anderen Mädchen alle weg waren, und dann hat er mich in der Dusche geküsst. Ich war nackt und habe gezittert, aber er …«

»Das ist nie passiert! Das hat sie erfunden!«

»… hat mich in die Arme genommen, und ich habe die Wärme seines Körpers durch seine Tweedjacke gespürt …«

Kirkhill packte Georges Arm und entriss ihm das Buch. »Hören Sie, so was passiert doch andauernd! Die

Mädchen verknallen sich in ihre Lehrer. Sie sind in einem schwierigen Alter, mit den ganzen Hormonen. Das ist reine Fantasie!«

»Fantasie?«

»Ja!«

»Verstehe.« George nickte. »Dann hätten Sie also nichts dagegen, uns eine DNS-Probe zu überlassen?«

»DNS …?«

»Wenn es doch reine Fantasie ist.«

»Ich …«

»Um ehrlich zu sein, es ist eigentlich egal, ob Sie einverstanden sind oder nicht. Ich nehme Sie fest wegen des Verdachts, eine Minderjährige sexuell missbraucht zu haben, und das heißt, dass ich Ihnen abnehmen darf, was ich will – Fingerabdrücke, Blut, Urin, DNS.«

»Aber …«

»Und dann werden wir einen Vaterschaftstest machen, um zu sehen, ob der Fötus, den Professor Muir heute Nachmittag aus Danielle herausgeschnitten hat, von Ihnen stammt.«

Kirkhill saß da mit offenem Mund, wie ein aufgeschreckter Fisch. »Ich … Aber…«

George hielt das Buch hoch und begann wieder zu lesen. »›Am Anfang hat es ein bisschen wehgetan, aber es war so wunderbar, ihn tief in mir drin zu spüren, seine festen Stöße …‹«

Das kriminaltechnische Labor der Spurensicherung brauchte gerade einmal anderthalb Stunden für den Abgleich. James Arnold Kirkhill war der Vater.

Kirkhill starrte den Bericht an, der vor ihm auf dem Tisch lag. »Danielle war … Sie war reifer als alle, die ich bis dahin gekannt hatte. Sie hat immer gewusst, was sie wollte und wie sie es bekommen konnte. Ich meine, sie war eine *hervorragende* Schülerin, aber dabei manipulativ …« Er leckte sich die Lippen. »Aber ich habe mich immer korrekt verhalten! Immer. Ich habe sie geliebt, ja, aber es war eine platonische Liebe. Ich habe nie Hand an sie gelegt.«

»Und wie kommt es dann, dass sie von Ihnen schwanger war? Die Wiederkunft Christi, hm? Unbefleckte Empfängnis?«

»Ich …« Er zupfte an einem Nagelhäutchen herum, bis es blutete. »Ich hatte eine depressive Phase, es war der Jahrestag von Mollys Tod. Ich hatte getrunken.«

»Und da haben Sie sich gedacht, Sie trösten sich ein wenig mit einem zwölfjährigen Schulmädchen?«

»Nein!« Kirkhill schüttelte den Kopf, und die Tränen glitzerten im Schein der Neonröhren. »Danielle tauchte plötzlich unangekündigt bei mir auf. Ich hatte schon eine halbe Flasche Bowmore intus. Wollte einfach nur den Tag vertrinken, ihn irgendwie hinter mich bringen. Wollte nicht an diese letzten sechs Monate im Krankenhaus denken, die ich ihr beim Sterben zugeschaut hatte …« Er schniefte, wischte sich mit einer runzligen Hand das Gesicht. »Danielle sagte, sie wollte mich trösten, und sie hat mich mit Whisky abgefüllt. Ich war betrunken, ich wusste nicht, was ich tat! Sie hat das Ganze eingefädelt … Am nächsten Tag in der Schule hat sie mir erzählt, wir wären füreinander bestimmt.« Er blickte zu George auf, seine Augen schimmerten feucht. »Sie hat es ganz bewusst darauf angelegt.«

George steckte den DNS-Bericht in die Akte zurück. »Und hat sie es danach noch einmal darauf angelegt?«

Kirkhill fiel die Kinnlade herunter. »NEIN! Nie! Sie wollte, aber ich habe es nicht zugelassen!«

»Und wie kommt es dann, dass ihr Tagebuch voll ist mit Schilderungen, wie Sie und Danielle es treiben?«

Kirkhill packte Georges Hände. »Bitte, Sie müssen mir glauben: Sie hat sich das alles aus den Fingern gesogen! Sie war nicht wie die anderen Mädchen in ihrem Alter, sie war … so voll konzentriert auf das, was sie wollte, deswegen war sie so eine gute Schwimmerin …«

»So gut nun auch wieder nicht – sie ist schließlich ertrunken.«

»Ich schwöre Ihnen, ich habe nie Hand an sie gelegt. Nicht mehr seit diesem ersten Mal, als sie mich betrunken gemacht hat. Niemals.«

George zog seine Hände zurück, legte den Kopf schief und starrte Kirkhill durchdringend an.

Der arme alte Sack sagte vermutlich die Wahrheit. Die Mädchen in diesem Alter hatten etwas an sich, wovon George regelmäßig eine Gänsehaut bekam. Als ob man die Rädchen der Intrige hören könnte, die sich in ihren Köpfen drehten. Die Leute glaubten, junge Männer seien das aggressivere Geschlecht, aber junge Frauen konnten verdammt gnadenlos sein. Und es war offensichtlich, wie Kirkhill von Scham und Schuldgefühlen geplagt wurde. Ein erwachsener Mann, ausgetrickst von einem zwölfjährigen Mädchen.

George war im Begriff, die Vernehmung zu beenden, als DS Raith zur Tür hereinplatzte und ihm eine Aktenmappe vor die Nase hielt. »Entschuldigen Sie die Störung, Chef, aber ich dachte, das sollten Sie sich vielleicht mal anschauen.« Sie lehnte sich an die Wand und wartete mit unbewegter Miene, während George den Bericht und die angehängten Bilder durchsah.

»Sie …« Er räusperte sich und starrte Kirkhill an. »Sie sagen, es sei nur das eine Mal passiert, und Danielle sei dafür verantwortlich gewesen?«

Der Lehrer nickte.

»Nun, wollen Sie mir dann vielleicht mal erklären, wie zum Teufel die Bilder da auf Ihrem PC gelandet sind?« Er klatschte die Fotos auf den Tisch, eins nach dem anderen, eine Serie von Hardcore-Fotografien, die nichts der Fantasie überließen, und die alle Danielle und ihren Schwimmlehrer zeigten – James Kirkhill.

Dann eine andere Serie, ein anderes Mädchen, mit roten Haaren und milchweißem Teint. Und eine dritte Serie.

Kirkhill zuckte zusammen. »Das … Das sind nicht meine. Jemand anders muss sie auf meinen Computer gespielt haben … um mich zu diskreditieren! Es war …«

»*Sie* sind auf den verdammten Fotos! Und da ist noch mehr: Laut diesem Bericht haben Sie rund zweieinhalb Gigabyte an Kinderpornografie jeglicher Art!«

Kirkhill stammelte und zappelte, sein Blick ging von George zur Tür und wieder zurück. »Ich habe nie … es … nein … verstehen Sie …«

»Sie wissen, wie es Pädophilen im Knast von Oldcastle ergeht? Manchmal werden sie erstochen, manchmal prügelt man ihnen die Scheiße aus dem Leib, und dann war da dieser eine Typ, der mit einem Besenstiel vergewaltigt wurde. Ist eine Woche später gestorben: innere Blutungen.«

Es war, als sähe man zu, wie ein Haus in sich zusammenfiel: Gerade hatte da noch James Kirkhill gesessen, im nächsten Moment war nichts mehr übrig als Tränen und Rotz und zitternde, bleiche Haut.

Seine Hand kreist in dem eiskalten Wasser: nichts, nichts, nichts … Haare. Er packte sie, hält sie fest. Jetzt muss er sie nur ins Boot ziehen, und alles wird gut. Alles wird …

Sie kommt zu ihm, zu seinem kleinen sonnigen Fleckchen, lächelt das Lächeln, von dem sie weiß, wie er es liebt. Das Lächeln, von dem seine Hose sich ausbeult. Danielle fasst ihn an den Händen und wirbelt ihn herum. Sie lacht. »Ich habe Neuigkeiten für dich. *Fantastische* Neuigkeiten.« Sie hält inne und legt seine Hand auf ihren Bauch. »Unsere Liebe hat ein kleines Wunder bewirkt.«

Nein, nein, nein …

»Du musst es wegmachen lassen! Du bist zu jung, deine Zukunft …« Das schweißnasse Hemd klebt ihm am Rücken. »Denk an die Meisterschaft, denk an das *Team*!«

»James?« Sie weicht ein paar Schritte zurück und starrt ihn an, die Lippen fest zusammengepresst. »Wir *behalten* dieses Baby, und *du* wirst der Vater sein, verstanden?« Ein Lächeln erhellt ihr Gesicht wie ein Haus in Flammen. »Wir werden die perfekte Familie sein. Und wenn nicht, sag ich's meiner Mutter. Und die wird es der Polizei sagen.«

– hält ihren Kopf unter Wasser, während sie verzweifelt kämpft … und dann ist sie weg, treibt leblos unter seinen Fingern, während diese dumme Zicke Sarah schreit.

Er lässt Danielle los.

An Ersatz für sie wird es sicher nicht mangeln.

VIII.
Acht melkende Mädchen

Telefonzellen mit Softcore-Pornografie zu bepflastern war im Hochsommer kein schlechter Job, aber an einem saukalten Dienstagabend im Dezember war es echt die Hölle.

Brian nahm das Blu-Tack, das er in die Achselhöhle geklemmt hatte – die einzige Methode, das Zeug so warm zu halten, dass es klebte –, riss ein Klümpchen ab, drückte es auf die Rückseite einer Postkarte und befestigte sie über dem Telefon. »SEXY SADIE, DIE FRECHE LADY«, mit dem Foto einer attraktiven, vollbusigen Blondine in hohen Lederstiefeln, dazu passendem Torselett und Peitsche. Wer immer das Mädchen auf dem Foto war, sie hatte keine Ähnlichkeit mit dem alten Muttchen, das sich unter der angegebenen Telefonnummer meldete. Die *echte* Sexy Sadie sah aus wie Brians Oma.

Die Telefonzelle war schon ziemlich zugepflastert. Neben Mr Aziz' Truppe – Sexy Sadie, Busty Becky und Naughty Nikki – gab es die übliche Mischung aus Doms und Subs, Transen, Nutten und Strichjungen. Manche hatten Fotos, andere versprachen nur Hausbesuche und »außergewöhnliche Dienste«. Brian riss sie alle herunter, bis nur noch Mr Aziz' tatteriger Haufen versauter Rentnerinnen und Dillon Blacks Mädels übrig waren.

Brian mochte in Erdkunde eine Fünf haben, aber blöd war er deshalb noch lange nicht.

Die Hände tief in den Taschen vergraben, rannte er quer über die Straße, ohne auf den Verkehr zu achten. Im Schnellimbiss herrschte Hochbetrieb: Horden von Schülern aßen Fleischklöpse mit Pommes und ließen dazu Dosen mit extrastarkem Lager kreisen, wenn die Angestellten gerade nicht hinschauten.

Ein paar Leute nickten ihm zu, als er hereinkam. Cameron Williams blickte von seinem doppelten Cheeseburger auf, den offenen Mund voll mit halb zerkautem Fleisch fragwürdiger Herkunft. »Ey, du Wichser!«, rief er und machte die entsprechende Geste dazu.

Brian ignorierte ihn. Cammy war ein Arschloch – allerdings ein besonders großes und kräftiges, und wenn Brian sich mit ihm anlegte, würde er einen komplizierten Kieferbruch riskieren.

Und so reihte Brian sich lieber brav in die Schlange vor Kasse Nummer drei ein. Während er langsam vorrückte, starrte er die Speisekarte an – als ob er sie nicht längst auswendig gekannt hätte. Cheeseburger mit Zwiebelringen, Pommes und ein großes Irn-Bru. Wie immer. Und, weil es draußen so arschkalt war, noch so ein frittiertes Apfelkuchen-Teil.

Bob, der neue Typ seiner Mutter, hatte ihm einen Zehner zugesteckt, damit er sich etwas zu essen kaufen konnte, während sie ins Pub gingen. Das war echt cool. Es bedeutete, dass er genug übrig behalten würde für eine Schachtel

Zigaretten und zwei Flaschen extra starken Cider. Das würde den Abend so richtig schön abrunden.

Er bestellte seinen Burger und lehnte sich an den Tresen. Während er wartete, überprüfte er den Inhalt seiner Taschen: noch zwanzig oder dreißig Karten zu verteilen. Damit würde er bis runter zum Bahnhof kommen, und da gab es einen netten kleinen Eckladen, dessen Besitzer kein Problem damit hatte, Dreizehnjährigen Alkohol und Zigaretten zu verkaufen. Die freie Marktwirtschaft in Aktion, so sagte sein Englischlehrer Mr Kirkhill dazu.

Brian wusste alles über die freie Marktwirtschaft. Er hatte schon reichlich praktische Erfahrung mit ihren dunkleren Seiten gemacht.

Das Essen kam, und er ging damit zum nächsten freien Tisch – draußen war es viel zu kalt, um in irgendeinem nach Pisse stinkenden Hauseingang zu essen. Er biss gerade in seinen Burger, als ein Schatten auf seinen Tisch fiel.

Eine Männerstimme, tief und rau: »Ist hier noch frei?«

Brian zuckte nur mit den Achseln und aß weiter, den Kopf gesenkt. »Ist 'n freies Land, oder?«

Der Typ ließ sich auf den Stuhl gegenüber fallen und begann sein Essen auszupacken.

»Du bist Brian, nicht wahr? Brian Calder?«

Brian zuckte wieder mit den Achseln, immer noch ohne aufzublicken. »Kommt drauf an.«

»Dacht ich mir doch, dass du's bist. Wir arbeiten in derselben Branche, Brian.«

»Ach ja?« Warum mussten diese Spinner sich immer zu ihm setzen?

Er schob sich einen Zwiebelring in den Mund und riskierte einen Blick auf den verrückten Typen: dünn, käsebleich im Gesicht, Ziegenbärtchen, verschattete Augen und breite Stirn, eine Frisur wie diese Teddyboys, die man manchmal im Fernsehen sah, und ein Diamantstecker im Ohr. Dreiviertellange Lederjacke über breiten Schultern, Hawaiihemd und Haizahn-Halskette. Big Johnny Simpson.

O nein …

Brians Cheeseburger blieb ihm im Hals stecken. Er hustete, würgte und zwang den Bissen hinunter. »Mr Simpson.« Ein gezwungenes Lächeln. »Schön, Sie zu sehen.« Du Scheiße … »Wie geht's Leslie?«

»Woher soll ich das denn wissen? Ich bin ja bloß ihr Vater.« Big Johnny nahm einen Bissen von seinem Happy Meal, das gar nicht so happy aussah. »Diese Bälger – kaum kommen sie in die Pubertät, wollen sie nichts mehr mit ihrem Alten zu tun haben«, knurrte er mit vollem Mund.

»Ja. Klar.« O Gott …

Big Johnny vertilgte den Burger mit Pommes und trank seine große Cola Light aus, dann lehnte er sich auf seinem Plastikstuhl zurück und starrte Brian an. »Bist du fertig?«

Brian sah auf sein Essen hinunter – er hatte es noch kaum angerührt. Der geschmolzene Käse glänzte wie Leder, die Zwiebelringe sahen bleich und fettig aus. »Hab eigentlich gar keinen Hunger.« Nicht mehr.

»Gut.« Big Johnny erhob sich und richtete sich zu seiner vollen Größe von eins neunzig auf. Scheiße, der Kerl war ein *Riese*. »Komm, wir beide machen jetzt einen kleinen Spaziergang.«

Brians erst kürzlich abgestiegene Hoden wollten sich am liebsten wieder in der Bauchhöhle verkriechen.

Ach du Scheiße …

Halb neun. Die Lichter der Stadt glitzerten auf dem Kings River. Brian konnte das Schauspiel ganz aus der Nähe bewundern, weil Big Johnny ihn an den Fußknöcheln gepackt hielt und ihn mit dem Kopf nach unten über dem Wasser baumeln ließ. Ein Lastwagen donnerte oben über die Brücke, Tauben gurrten auf den stählernen Stützpfeilern. Brian kniff die Pobacken fest zusammen. Nicht heulen. Nicht kotzen. Nicht nach Mami schreien … Die dürfte inzwischen sowieso hackedicht sein.

Es war stockfinster unter der Calderwell Bridge. Nur die glitzernden Lichtreflexe und die rot glühende Spitze von Big Johnnys Zigarette, die auf und ab tanzte, während er sprach. »Siehst du, Brian, Leute, die mich bescheißen, landen im Wasser. Wenn sie Glück haben.« Er schüttelte Brians Knöchel. »Na, bist du ein Glückspilz?«

»Ich war's nicht!«

»Hä?« Johnny zog ein paarmal an seiner Kippe. »*Was* warst du nicht?«

»Leslie – das war ich nicht!«

Es war eine Weile still, dann schüttelte Johnny ihn umso heftiger. »Was ist mit Leslie? *Was* hast du nicht getan, Mann?«

»Ihr …« Ein Klimpern – das Wechselgeld fiel ihm aus den Hosentaschen und platschte in das dunkle Wasser unter seinem Kopf. »Ihr ein Kind gemacht!«

»SIE IST SCHWANGER?«

»Ich war's nicht!«

»Sie ist vierzehn!«

»Bitte, ich war es nicht!« Brian schloss die Augen – das war's, er würde sterben.

»*Verdammt* …« Big Johnny ließ los.

Brian fiel. Ein Schrei … RUMMS, er landete so hart auf dem Rücken, dass ihm die Luft wegblieb. Mami … Wimmernd wand er sich auf dem kalten, schmutzigen Beton.

Johnny packte ihn am Kragen und zerrte ihn hoch. »Wer war es?«

»Ich weiß es nicht, es …«

Johnny knallte ihm eine mit dem Handrücken.

»Ich weiß es nicht, ehrlich!« Die Worte schmeckten nach Kupfermünzen.

»Dann find es raus. Kapiert? Du findest raus, wer mein kleines Mädchen … angefasst hat, und du sagst es mir. Sonst gehst du das nächste Mal baden, das schwör ich dir!«

Brian nickte. Tränen rannen ihm übers Gesicht, seine Oberlippe war feucht von Rotz.

Johnny ging ein paar Schritte weg und sog an seiner Zigarette, als wollte er sie stellvertretend bestrafen. »Weißt du was«, sagte er schließlich, »ich brauch jetzt was zu trinken. Du auch?« Er schnipste den Stummel hinaus auf den kalten, dunklen Fluss. »Aber natürlich brauchst du was.«

Das Docker's Arms war eine üble Spelunke unten am Hafen von Logansferry: fleckige Tapeten, rissiges, klebriges Linoleum, die Kunststoffpolster mit Klebeband geflickt. Aus einem CD-Player hinter der Bar dröhnten Hits von Jimmy Shand und seiner Band – Akkordeonmusik, zu der man sich prima besaufen konnte. Man konnte zwischen Export und Lager wählen. Nichts Extravagantes wie Real Ales, Pils oder Alcopops. Big Johnny bestellte für sie beide je ein Pint Export und einen doppelten Whisky. Dass Brian erst dreizehn war, schien die runzlige Alte hinter dem Tresen nicht zu interessieren.

Mairi's Wedding tönte scheppernd aus den Lautsprechern, als Big Johnny Brian zu einem Tisch in der Ecke führte. Er setzte sich und sah zu, wie Brian den Whisky hinunterkippte, dann holte er eine Schachtel Zigaretten hervor und steckte sich eine an – das Rauchverbot interessierte die Alte offensichtlich auch nicht. »Du hast dich gar nicht schlecht gehalten da draußen. Ich hab's erlebt, dass erwachsene Männer sich nass gemacht haben, wenn ich sie hab baumeln lassen.«

Brian brachte ein schwaches Lächeln zustande und griff nach seinem Bier.

»Wie ich höre«, fuhr Johnny fort und zündete sich noch eine Zigarette an, »hast du ein bisschen Stoff verkauft.«

Brian nahm einen kräftigen Schluck. Er nickte.

»Für wen verkaufst du? Für Dillon?«

»Nee!« Brian schüttelte den Kopf. Der Whisky brannte in seinem halb leeren Magen. »Ich … Ich krieg ein bisschen Shit von einem Typen aus Blackwall Hill, und der kriegt's von einem aus Dundee.«

»Nicht mehr.« Big Johnny zog eine zusammengerollte Plastiktüte aus der Tasche und klatschte sie auf den Tisch. »Ab jetzt arbeitest du für mich.«

Brian griff nach der Tüte und lugte hinein. Ein paar

Pieces und ungefähr zwei Dutzend Alu-Briefchen. »Ich …
Ich hab noch nie …«

»Heroin ist auch nicht anders als das andere Zeug. Du
gibst es dem Typen, er gibt dir das Geld. Kein Problem.
Das ist so wie Bohnen in Dosen verkaufen, oder Wasch-
mittel. Nur dass die Gewinnspanne wesentlich höher ist.«

»Aber …«

»Du bist doch nicht scharf auf eine weitere Schwimm-
stunde, oder, Brian?«

»Nein! Nein, es ist okay! Ich kann das machen.«

Big Johnny grinste. »Ich wusste, dass du es so sehen
würdest wie ich.« Er griff in die andere Tasche und zog
eine kleine lederne Gürteltasche heraus. »Da tust du das
Geld rein. Das *ganze* Geld. Du bekommst deinen Anteil,
wenn du mir die Kohle übergibst. Wenn du dich auch
nur *ein Mal* selbst bedienst, gehen wir wieder zur Brücke,
aber dann nehme ich einen Zimmermannshammer mit.
Kapiert?«

Brian nickte.

»Gut. Jetzt trink aus und mach dich an die Arbeit.«

Es war nicht schwer, Big Johnnys Shit unter die Leute zu
bringen – die Hälfte der Schüler in Brians Klasse rauchten
gerne mal einen Joint –, aber mit dem H war das schon
eine andere Sache. Für Brians Klassenkameraden war es
zu hart. Zu *gefährlich*. Und deshalb streifte er an diesem
Abend um halb elf durch das schmuddelige Rotlichtviertel
von Kingsmeath. Es war kein Vergleich mit der gehobenen
»Toleranzzone« drüben in Logansferry. Hier wurden die
Nutten nicht kontrolliert, hier boten sie ungeschützten Sex

mit allen entsprechenden Risiken. Und molken ihre Freier nach allen Regeln der Kunst.

Aber wenigstens lief er hier nicht Gefahr, dass ihm irgendein Zuhälter die Eier abschnitt. Die Mädchen hier arbeiteten alle auf eigene Rechnung.

Gleich bei der Ersten hatte er Erfolg. Sie war zaundürr, mit eingefallenen Wangen und dunklen Augen, und wenn sie noch weniger angehabt hätte, wäre sie an Unterkühlung gestorben. Sie nahm drei Briefchen.

Wie es aussah, hatte Big Johnny recht gehabt – es war ein Kinderspiel.

Brian klapperte die Straße ab, blieb stehen, um mit den Nutten zu plaudern, wurde rot, wenn sie mit ihm flirteten, und steckte ihr Geld ein.

Um Viertel vor zwölf hatte er alle Briefchen bis auf eines verkauft. Wenn er sich ein bisschen beeilte, würde er es gerade noch zum Eckladen schaffen, bevor sie zumachten. Cider und Kippen und eine Packung Papers. Den ganzen Abend hatte er etwas von dem Shit abgezweigt, hatte den Leuten Sieben-Gramm-Tütchen verkauft, in denen nicht ganz sieben Gramm drin waren. So blieb ihm genug für ein hübsches kleines High. Er bestahl ja nicht Big Johnny Simpson, er bestahl nur die Kunden. Das war etwas ganz anderes.

Er musste nur …

Eine Frau von Anfang zwanzig mit mascaraverschmiertem Gesicht und zerrissener Strumpfhose zupfte an seinem Ärmel. »Hast du noch mehr?« Ihre offene Jacke war auf einer Seite ganz verdreckt, und darunter waren ein blasser Bauch, ein kurzer Rock und ein tief ausgeschnittenes Top zu sehen. Sie war einmal hübsch gewesen, aber das war schon eine ganze Weile her. »Komm schon, ich geh echt drauf hier. Maggie sagt, du hast was da!«

Brian lächelte sie an. »Du hast echt Glück.« Er hielt das verbliebene Briefchen hoch. »Das letzte.«

Sie leckte sich die Lippen, strich sich mit den Fingern über ihren Bauch, der an einen toten Fisch erinnerte. Ihre Augen glänzten. »Wie viel?«

Brian sagte es ihr, und sie fluchte.

»Du machst wohl Witze – das ist *doppelt* so viel, wie Dillon verlangt!«

»Nimm es oder lass es bleiben.«

»Aber es war ein beschissener Abend ... Ich zahl's dir auch bestimmt zurück!« Sie rang die Hände, die Augen auf das glitzernde Alubriefchen geheftet. »Du kannst dich drauf verlassen!«

»Tut mir leid, aber das sind nun mal die Regeln. Der Typ, für den ich arbeite ...«

Sie schlug ihre Jacke zurück und zog das Top hoch, präsentierte ihm ihre nackten Brüste.

»Er ... äh ...« Brian blinzelte. Hustete.

»Komm schon, du weißt doch, wie das läuft.« Sie fummelte an seinem Hosenlatz herum, schob die Hand in seine Unterhose und begrabschte ihn mit ihren kalten Fingern.

»Es ... Aber ... Oh.« Alles verfügbare Blut in seinem Körper wurde nach Süden umgeleitet.

Sie lächelte ihn an und zeigte ihm einen Mund voller Füllungen. »O ja, das gefällt dir, nicht wahr?«, sagte sie und streichelte ihn. »Du gibst mir den Stoff, und ich besorg's dir. So ein strammer Bursche bist du. Ich werde ganz zärtlich sein ...« Sie sank auf die Knie.

Auf dem Heimweg konnte Brian gar nicht mehr aufhören zu grinsen.

Vor seinem Haus parkte ein dunkelblauer BMW mit Leichtmetallfelgen, Spoiler und getönten Scheiben. Geiler Schlitten, selbst mit der langen Schramme entlang der Beifahrerseite. Die Fahrertür ging auf, und Big Johnny stieg aus. »Na, wenn das nicht mein kleiner Industriekapitän ist!«

»Mr Simpson!« Das Grinsen verging Brian schlagartig.

»Wie ist es heute Abend gelaufen?«

»Och, na ja ...«

»Hast du mein Geld?«

»Ich ... Äh ...« Er schnallte die Gürteltasche ab und gab sie Big Johnny. »Da ist alles drin, Mr Simpson. Wie Sie's mir gesagt haben.«

»M-hm ...« Big Johnny zog den Reißverschluss auf und begann das Geld in der Tasche zu zählen. »Hast du noch was übrig?« Er streckte die Hand aus.

Ach du Scheiße – er wusste von dem fehlenden Briefchen.

Brians Mund wurde trocken. Woher wusste er es? Woher?

Steh nicht rum und glotz Löcher in die Luft, sondern erzähl ihm was. *Lüg ihn an.*

Der Shit – gib ihm den Shit, den du abgezweigt hast!

»Ich hab noch ein bisschen Hasch übrig!« Brian gab es ihm. »Alles andere ist verkauft.«

»Aha.« Johnny besah sich den kleinen dunkelbraunen

Harzklumpen. Wahrscheinlich wog er ihn gegen die Summe Bargeld in der Tasche ab und versuchte herauszufinden, ob Brian ihn zu linken versuchte. Plante schon den nächsten Ausflug zur Calderwell Bridge.

»Ich … Ich hab auch rausgefunden, mit wem Leslie was hatte!«

»Ach ja?« Die Stimme war tief und bedrohlich. Wie das Knurren eines Rottweilers. »Wer ist es?«

»Ähm …« SAG IRGENDEINEN NAMEN! IRGENDEINEN! »Cammy!« Ja, genau – Cammy. Gute Idee. Der Typ war sowieso ein Riesenarschloch, er *verdiente* es, dass Big Johnny Simpson ihm einen Besuch abstattete.

»Cammy?«

»Cameron Williams – er geht in die vierte Klasse der Kingsmeath Secondary.«

Johnny nickte. Er verstaute den Klumpen Cannabis in der Gürteltasche. »Steig ein.«

Calderwell Bridge, nachts um halb zwei.

Schneeflocken fielen aus dem dunkelorange Himmel in das wirbelnde schwarze Wasser und verschwanden.

Nicht nach unten schauen.

Brian klammerte sich mit kalten, zitternden Händen an den rostfleckigen Stützpfeiler. Gedämpftes Schluchzen kam von dem unförmigen Haufen auf dem Fußweg unter ihm – Cammy, die Hände hinter dem Rücken gefesselt, einen Knebel im Mund, eine Tüte über den Kopf gezogen, die Jeans klatschnass von seinem eigenen Urin.

Big Johnny sah hinauf zu Brian. »Schling das Seil über den Vorsprung da.«

Brian tat, wie ihm geheißen, warf das andere Ende auf den Betonweg und brachte sich dann wieder in Sicherheit. Nun ja, soweit man in der Nähe eines durchgeknallten Mörders von Sicherheit sprechen konnte …

Als er unten ankam, zog Big Johnny an dem Seil und ließ Cammy über dem Wasser baumeln – in Reichweite.

Sie hatten ihn in der Patterson Street aufgelesen, wo er allein nach Hause getorkelt war, bis oben hin voll mit Supermarkt-Wodka. Es war nicht schwer gewesen, ihn auf den Rücksitz des Autos zu packen. Ihn zu fesseln und ihm einen alten Lumpen in den Mund zu stopfen, um ihn am Schreien zu hindern.

Brian trat nervös von einem Fuß auf den anderen. Sein Magen verkrampfte sich, sein Herz schlug wild, das Blut rauschte in seinen Ohren.

Es würde alles gut werden. Kein Grund zur Aufregung. Nicht wahr?

Big Johnny würde Cammy nur einen Schrecken einjagen, wie er es mit Brian gemacht hatte. Das war alles. Nur ein bisschen einschüchtern, damit Cammy seine Lektion lernte.

Auch wenn es gar nicht *seine* Lektion war.

Klonk. Big Johnny stand wieder am Kofferraum und zog eine Plastiktüte von dem großen Baumarkt im Süden der Stadt hervor, die er Brian zuwarf. Darin war ein Overall samt Kapuze mit Gummizug, wie sie die Spurensicherer in den Fernsehkrimis trugen, wenn sie im Keller eines Serienmörders nach Leichen gruben.

Johnny nahm einen zweiten Overall heraus und stieg hinein. »Zieh ihn an.«

Es war nicht so leicht, wie es aussah, aber er schaffte es. Dann kamen noch blaue Plastiktüten über die Schuhe. Und Latexhandschuhe an die Hände.

Und dann zog Johnny das Messer aus der Tasche.

Cammy hing nur da und heulte.

Johnny packte ihn und schlitzte die Kleider des Vierzehnjährigen auf, riss sie ihm vom Leib – samt Hose und Unterhose, beides mit Pisse getränkt – und stopfte alles in einen Müllbeutel. Cammy hing da, nackt wie am Tag seiner Geburt, zitternd, eine Gänsehaut am ganzen Körper. Und schluchzte in seinen Knebel hinein.

Big Johnny ging noch ein letztes Mal zum Kofferraum seines Wagens und kam mit einem Baseballschläger zurück. »Weißt du, was eine Piñata ist, du Missgeburt? Nein?« Pause. »Was ist mit dir, Brian?«

Brian wusste es, aber er brachte die Worte nicht heraus. Nur dieses komische Quieken.

Big Johnny wollte Cameron nur Angst einjagen, weiter nichts. Nur Angst einjagen.

»Nein?« Johnny seufzte. »Was bringen die euch in der Schule eigentlich bei? Eine Piñata ist etwas, auf das du so lange draufhaust, bis der Inhalt rauskommt. Etwa so …«

Es dauerte fünfzehn Minuten.

Und die ganze Zeit sah Brian voller Entsetzen zu, mit offenem Mund, gegen die Übelkeit ankämpfend.

Sag irgendwas: Sag Johnny, dass das alles gelogen war, dass Cameron seine Tochter nicht angerührt hat. Es war nur eine kleine Notlüge gewesen, damit Johnny ihn nicht nach dem fehlenden Heroinbriefchen fragte.

Aber er sagte kein Wort.

Denn er konnte sich ziemlich genau vorstellen, was Big Johnny tun würde, wenn er erführe, dass Brian ihn angelogen hatte. Und bestohlen.

Lieber mit dem schlechten Gewissen leben als mit gutem Gewissen sterben, dachte er.

IX.
Neun tanzende Damen

Andy »Twitch« McKay hockt mit seiner gebrochenen Nase am Tresen vor einem Pint Export und lässt seinen Amphetaminrausch ausklingen.

Das *Silver Lady* ist ein Striplokal von der mondäneren Sorte – ein langer Raum mit niedriger Decke und Spiegeln hinter der Bühne, damit man die Tänzerinnen von allen Seiten sehen kann. Lederpolster, dunkler Teppichboden, eine Discokugel, die helle Lichtsplitter auf die kleine Gästeschar herabregnen lässt. Absolut nicht nach Twitchs Geschmack. Nee, das *Monk and Casket* ist da schon viel eher sein Ding. Eine gemütliche Kneipe, wo er sein Bier trinken und vielleicht auf dem Klo einen Joint rauchen kann. Wo ihn jeder beim Namen kennt.

Und genau deswegen macht er einen großen Bogen um das Pub. Versucht nicht aufzufallen. Gibt sich ganz cool. Und schaut Kayleigh Jacobs bei der Arbeit zu.

Harte Tanzmusik wummert aus den Boxen, ein Versuch, den ruhigen Mittwochabend wie einen Samstagabend mit vollem Haus klingen zu lassen. Und Kayleigh braucht schließlich etwas, wozu sie tanzen kann. Sie sieht fantastisch aus: lange Beine, straffer Bauch, feste Brüste, alles verpackt in Spitzendessous, so gleitet sie an ihrer glänzenden Stange auf und ab, als ob sie das Ding um den Verstand vögeln wollte.

Oh yeah … Twitch könnte diese Stange sein. Wenn er nur das Geld für einen Lapdance hätte. Und vielleicht eine Flasche Wodka. Und ein paar Linien erstklassigen Stoff. Und dann noch etwas, was ihn ein bisschen runterholt.

Aber er ist pleite. Diese Halsabschneider haben ihm für den Eintritt und das eine Getränk seine gesamten Barreserven abgeknöpft. Jetzt hat er nur noch die Brösel in seinen Taschen, das große Zittern, den kalten Schweiß und den Laptop, der zu seinen Füßen steht. Das Einzige, was von einem kleinen Bruch letzte Woche noch übrig ist. Aber so ein Computer-Teil zu verticken dürfte ja kein Problem sein. Gerade in einem Laden wie dem hier. Könnte durchaus ein paar hundert Pfund bringen. Genug, um ihn für eine Weile mit Alk und Drogen zu versorgen. Und vielleicht würde noch etwas übrig bleiben, damit er sich von Kayleigh verwöhnen lassen könnte.

Die Nummer ist zu Ende, Twitch applaudiert und pfeift nach Leibeskräften, während Kayleigh sich verbeugt, kehrtmacht und in den Kulissen verschwindet. Eine Brünette nimmt ihren Platz ein, die Musik dreht auf, das neue Mädchen fängt an, mit den Hüften zu wackeln und sich an der Stange zu reiben, und Twitch wendet sich wieder seinem Bier zu. Und beobachtet den Eingang im Spiegel hinter der Bar.

Sein eigenes Spiegelbild sieht schon nicht mehr ganz so schlimm aus: Die blauen Augen sind verblasst, die Nase – na ja, die sieht aus wie ein wackliger Türknauf und macht beim Atmen immer noch pfeifende Geräusche. Hervorstehende Wangenknochen, eingesunkene Augen und ein Stoppelbart. Die Haare hinten lang und obenrum kurz, im Achtzigerjahre-Vokuhila-Stil. Das ist klassisch – und wehe, jemand behauptet was anderes. Kapuzenshirt in Tarnfarben und Röhrenjeans. Wie ein drogensüchtiger, kaputter Versager eben so aussieht.

Der Himmel weiß, warum sie ihn ins *Silver Lady* reingelassen haben. Hatten wohl Angst, dass sie heute Abend die Bude nicht vollkriegen würden.

Er nimmt einen Schluck Bier und sieht sich im Lokal um. Noch nicht viel los: ein halbes Dutzend Männer, die einen Junggesellenabschied feiern und jetzt schon hackedicht sind; zwei Geschäftsmänner in Anzügen, die Champagner trinken und das Mädchen auf der Bühne anfeuern; und ein paar traurige Gestalten, die allein rumhocken.

Keiner darunter, der einen Laptop kaufen will.

Kurz nach neun kommt Leben in die Bude – in Gestalt von einem Dutzend besoffenen Typen, alle mit Weihnachtsmannmützen auf dem Kopf. Sie bestellen Whisky und Wodka, dann feuern sie mit Pfiffen und Gejohle Kayleigh an, als sie wieder die Bühne betritt, zu ihrer dritten Nummer an diesem Abend. Diese Tiere. Können sie nicht sehen, dass Kayleigh nur Augen für Twitch hat?

Sie ist umwerfend. Geschmeidig, fast wie ein Schlangenmensch. Twitch hält es kaum noch aus.

Als sie fertig ist und unter Standing Ovations abgeht, wobei sie noch einmal mit ihrem knackigen, ölig glänzenden Hintern wackelt, versucht Twitch, den betrunkenen

Weihnachtsmännern seinen Laptop anzudrehen. Aber sie ignorieren ihn, lassen sich nicht auf ihn ein. Mit so einem zwielichtigen Junkie wollen sie nichts zu tun haben. Haben Angst, sie könnten sich von ihm irgendwas einfangen. Er lässt sie in Ruhe, ehe noch jemand auf die Idee kommt, die Security zu rufen.

Niemand wird ihm diesen blöden Computer abkaufen. Am besten, er vergisst es gleich. Trinkt seine Plörre aus und geht nach Hause.

Twitch schlappt zurück zum Tresen und starrt auf den Rest Bier in seinem Glas.

Vielleicht wird es Zeit, dass er aus dieser Stadt verschwindet? Dem ollen Oldcastle den Rücken kehrt und sich an einen wärmeren und sichereren Ort verpisst. Wie Dundee oder Perth – oder die Hölle. Ja, selbst *Aberdeen* wäre noch besser, als hier länger rumzuhängen und darauf zu warten, dass Dillon ihn findet.

Ja, es war definitiv Zeit, sich …

Eine Hand legt sich auf seine Schulter. Twitch zuckt zusammen, kreischt und hält sich schützend die Hände über den Kopf.

»Mein Gott, bist du schreckhaft.« Westküsten-Akzent, weich und melodisch, eine Frauenstimme.

Twitch lugt zwischen seinen Fingern hindurch und sieht, wie Kayleigh sich auf den Hocker neben ihm setzt. Sie trägt jetzt eine Lederhose, hochhackige Stiefel, ein bauchfreies weißes Top und einen taillierten Gehrock aus rotem Satin. Aus der Nähe sieht sie noch umwerfender aus. Wie eine von diesen griechischen Göttinnen.

Sie winkt dem Barmann zu. »Steve, macht mir 'nen

Wodka-Tonic, und noch ein Bier für unseren nervösen Freund hier. Ist doch das Mindeste, was ich tun kann, nachdem ich ihm so einen Schrecken eingejagt habe.« Sie lächelt, und er schmilzt dahin – bis auf einen ganz bestimmten Körperteil, der sehr, sehr hart wird.

»Wow ... vielen Dank«, sagt er. Diesmal schmeckt das Export wie Engel in Babyöl.

Kayleigh nimmt einen kleinen Schluck von ihrem Drink und lehnt sich an den Tresen.

Twitch hustet, schlägt die Beine übereinander, um seinen Ständer zu verbergen. »Äh ... Hi.« Er streckt die Hand aus – sie sieht einigermaßen sauber aus. »Ich heiße Twitch.«

»Ach ja?« Sie sieht ihn über den Rand ihres Glases hinweg an, ohne seine Hand zu nehmen. »Das passt ja. Ich bin Kay...«

»Kayleigh Jacobs, ich weiß. Ich ...« Sag jetzt nichts Dummes, sag jetzt nichts Dummes ... »Ich bewundere Ihre Arbeit sehr.«

Sie lacht und wirft dabei den Kopf in den Nacken, sodass ihre langen blonden Haare durch die Luft wirbeln und ihr über die Schultern fallen. »Du bist ja ein alter Schmeichler.«

Er grinst. »Danke.« Genau so soll es laufen, Twitch McKay: charmant, kultiviert und humorvoll. Sie wird sehen, dass mehr in ihm steckt als ein zappeliger Junkie in zerschlissenen Klamotten. Er ist ein *Mann*.

Kayleigh verschwindet auf die Toilette, und als sie zurückkommt, fährt sie ihm mit einem perfekten Fingernagel den Arm entlang. »Lust auf einen privaten Tanz?«

Mist … »Tut mir leid, ich hab dummerweise meine Brieftasche vergessen.«

Sie lächelt. »Ist schon in Ordnung. Ich mag dich. Darfst dich als eingeladen betrachten.«

Sie beißt sich auf die Unterlippe und nimmt seine Hand, führt ihn weg von der Bar und geht mit ihm durch eine kleine Tür auf der anderen Seite des Clubs.

Das Séparée ist nicht viel größer als Twitchs Schlafzimmer zu Hause – vielleicht zwei mal zweieinhalb Meter, mit einem großen Kunstledersofa und einem kleinen Beistelltisch. Sie deutet auf das Sofa. »Setz dich und behalte deine Hände bei dir. Das ist sehr, sehr wichtig.« Kayleigh streift ihren blutroten Gehrock ab. »Du darfst schauen, und ich darf dich anfassen, aber du mich nicht. Wenn du das tust, wird jemand reinkommen und dir wehtun. Hast du das verstanden?«

Twitch nickt.

Immer schön cool bleiben.

Scheiße, ist das GEIL!

»Gut.« Sie öffnet einen Wandschrank und legt einen Schalter um. Musik erfüllt den Raum, während Kayleigh ihre Nummer abzieht. Sie strippt nur für ihn, zieht ihre hochhackigen Stiefel aus, die Hose, das Top, bis sie nur noch rote Spitze am Leib trägt.

Ihre Haut ist perfekt, ihr Körper ist perfekt, *sie* ist perfekt. O Gott …

Nur eine kleine Berührung. Das wird sie schon verstehen, oder?

Sie *mag* ihn.

Ein Geräusch hallt durch die enge Gasse, als ob jemand sich erbricht, und dann sind sie weg. Lassen Twitch allein in der Dunkelheit zurück mit seinen Schmerzen. Er versucht sich aufzurappeln, aber da explodiert etwas in seinem Kopf, und er sinkt gegen die Wand zurück.

Der Mann spuckt Twitch ins Gesicht. Seine Stimme klingt nach Friedhof. »Willst du das noch mal versuchen?«

»Es tut mir leid …« Er bleibt, wo er ist, und bekommt zum Dank einen Tritt in die Rippen.

»Es tut dir leid?« Pause. »Ach, dann ist ja alles in Ordnung, oder? Es tut dir leid, und alles ist vergeben und vergessen? Ja?« Der Mann geht vor Twitch in die Hocke, packte seine Haare und reißt seinen Kopf hoch. Knallt ihn gegen die Backsteinwand.

»Dillon, ich …«

»Wer hat dir erlaubt, mich ›Dillon‹ zu nennen, Andy McKay? Damit ist Schluss, seit du diesen Bruch verbockt hast. Für dich bin ich jetzt *Mister* Black.«

»Mr Black, ich …«

Dillon versetzt ihm einen Schlag mit dem Handrücken. Der Lederhandschuh reißt seine wunde Nase wieder auf, und das frische Blut dampft in der kalten Gasse. »Hab ich dir die Erlaubnis zum Reden gegeben?«

Twitch wimmert nur leise.

»Also«, sagt Dillon. »Noch mal ganz langsam zum Mitschreiben: Ich hab dir versprochen, dass ich dir deine Schulden erlasse, wenn du das Bild für mich stiehlst. Ganz simpel eigentlich. Aber das hast du nicht gemacht, nicht wahr? Du hast mir das Bild nicht besorgt, du hast es vermasselt!« Eine harter rechter Haken lässt Twitchs Kopf wieder gegen die Mauer knallen. Die Welt ist ein einziger Schmerzensschrei. »Also: Kein Bild, das bedeutet, dass du mir die dreizehntausend zurückzahlen musst, die du mir schuldest. Plus Zinsen für eine Woche. Sagen wir vierzehntausend alles in allem. Wo ist die Kohle?«

Twitch wimmert wieder.

»Du kannst doch wohl die Frage beantworten, du Pflaume.«

»Ich … Ich hab nicht …«

»O je, so ein Pech aber auch.« Dillon packt Twitchs Arm, zieht ihn gerade und dreht ihn dann mit dem Ellbogen nach oben. Und legt sich dann mit seinem ganzen Gewicht auf das Gelenk. KRACK!

Eine kleine Pause, dann setzen die Schmerzen ein – als ob eine Million rostige Nadeln durch seine Adern schießen.

Twitch macht den Mund auf, um zu schreien, doch Dillon hindert ihn daran, indem er ihm die Faust ins Gesicht rammt.

Er lässt Twitchs Arm los, der schlaff auf den Asphalt herabsinkt. Mit tränenden Augen und blutüberströmtem Gesicht hebt Twitch ihn mit der rechten Hand auf und drückt ihn an seine Brust, schluchzend wie ein kleines Kind.

Dillon grinst ihn an. »Weiß gar nicht, was es da zu heulen gibt. Du hast doch schließlich noch zwei Beine zum Gehen, oder nicht?«

»Bitte! O verdammte *Scheiße*, das tut so weh!«

»Bitte – was?«

»Bitte, Mr Black …« Er blickt zu dem Mann auf, der vor ihm steht. »Bitte, lieber Gott, nein …«

»Regeln sind Regeln, Twitch. Wenn ich dir das durchgehen lasse, denken die Leute, ich werde langsam altersmilde. Und dann dauert's nicht mehr lange, bis sie mir den Respekt verweigern. Das können wir doch nicht zulassen, oder?«

»Bitte!«

Dillon greift sich munter pfeifend einen der Bierkästen, die an der Hintertür des Clubs aufgestapelt sind. Er knallt ihn auf den Beton und legt Twitchs Beine ausgestreckt darauf.

»O Gott, bitte nicht … Bitte! Ich hab einen Computer, einen Laptop, den können Sie haben! Ich hab ihn aus dem Haus von diesem Typen gestohlen. Er gehört Ihnen!«

Dillon sieht auf ihn herab. »Okay. Danke, ich weiß die Geste zu schätzen.« Dann greift er nach einem Metallrohr und drischt damit auf Twitchs Beine ein, immer und immer wieder, bis die Knochen splittern. Das Geschrei hält nur ein paar Minuten an, dann verliert Twitch das Bewusstsein.

Kayleigh steht im Halbdunkel, kraftlos an die Wand gelehnt, und sieht zu, wie Dillon die Beine des schäbigen kleinen Mistkerls zu Brei schlägt. Ihre linke Gesichtshälfte ist blau und angeschwollen, ihre Rippen tun weh, genau wie ihre Brüste und Beine. Aber das ist nichts im Vergleich mit dem Brennen und den Schmerzen in ihr drin.

Endlich tritt Dillon keuchend von der blutigen Masse zurück.

Sie schnieft. »Ist er tot?

»Nee.« Dillon lächelt sie an. »Dieser kleine Scheißkerl wird ein wandelndes Beispiel dafür sein, was passiert, wenn man mir blöd kommt.«

Sie humpelt auf den reglosen Körper zu und versetzt der reglosen Gestalt einen Tritt gegen den Kopf.

Dillon lacht. »Willst du, dass er stirbt?«

»Der Scheißkerl hat mich vergewaltigt!« Sie tritt ihn wieder, dann trampelt sie ihm auf dem Brustkorb herum. »Erzählt mir, wie sehr er mich liebt und wie toll es ist, dass ich nur für ihn tanze – und die ganze Zeit ...« Noch ein Tritt.

Dillon hebt die Laptoptasche auf und hängt sie sich über die Schulter. »Bist du sicher, dass du ihn tot haben willst?«

»SCHEISSE, ER HAT MICH VERGEWALTIGT!«

»Na schön.« Er drückt ihr das Metallrohr in die Hand. »Du hast mir einen Gefallen getan, jetzt revanchiere ich mich. Er gehört dir.«

Sie erstarrt. »Was?«

»Schlag ihm den Schädel ein.«

»Ich ...«

»Na los – niemand wird je erfahren, dass du es warst.«

Sie lässt das Metallrohr fallen. Es landet scheppernd auf dem Asphalt. »Ich ... Ich kann nicht.«

»Nicht?« Dillon sieht sie an, den Kopf schiefgelegt, wie eine Katze. »Bist du sicher?«

Ihre Stimme ist kaum ein Flüstern, sie zittert, und die Tränen treten ihr in die Augen. »Er hat mich vergewaltigt. Sie haben gesagt, ich soll ihn irgendwie beschäftigen, und er hat mich vergewaltigt.«

»Ich habe gemeint, dass du ihm einen *ausgeben* sollst, du blöde Kuh! Hab ich was davon gesagt, dass du ihn aufgeilen sollst?«

Sie wendet sich ab, starrt auf den Boden. »Nein, Mr Black.«

Dillon seufzt. »Herrgott noch mal …« Er greift nach einem der schwarzen Müllsäcke, die neben der Hintertür des Clubs herumstehen, und leert ihn auf dem Boden der Gasse aus. »Weißt du was: Ich mach's dir ganz einfach.« Er packt Twitch bei der Vokuhila-Frisur, zerrt ihn zurück, bis er zusammengesunken an der Wand lehnt, und zieht ihm den Müllsack über den Kopf.

Kayleigh gafft mit offenem Mund, als Dillon die Öffnung des Müllsackes fest um Twitchs Hals wickelt und mit einem kleinen Knoten direkt unter dem Kinn verschließt. Der Sack bläht sich leicht auf, als der bewusstlose Vergewaltiger ausatmet. Und zieht sich zusammen, als er einzuatmen versucht.

Dillon zieht seine Handschuhe aus und steckt sie in die Tasche. »Wenn du willst, dass der Mistkerl stirbt, lass ihn einfach liegen. Wenn du willst, dass er lebt, mach ein Loch in den Sack, bevor er erstickt. Deine Entscheidung. Ich geh jetzt ein Bier trinken.«

Er verschwindet wieder im Club.

Von der Straße sind Gesänge zu hören, ein Bus fährt vorbei, dann schreit eine Frau ihren Freund an. Dann ein Taxi …

Kayleigh sieht zu, wie der Müllsack über Andy »Twitch« McKays Kopf sich aufbläht und zusammenfällt.

Aus … Ein … Aus … Ein …

Seine rechte Hand zittert.

Aus … Ein … Ein … Ein …

Sie beißt sich auf die Unterlippe und kämpft gegen die Tränen an.

Ein … Ein … Ein … Ein …

Eine Sirene, hoch und schrill, saust auf der Hauptstraße vorbei.

Aus …

Und nichts mehr.

Kayleigh fängt an zu schluchzen.

X.
Zehn springende Herren

Der Blick von den Zinnen der Burgruine zur Nachtzeit hatte etwas Beruhigendes. Den steilen, dunklen Berghang hinab zum Kings Park und weiter über den angeschwollenen schwarzen Fluss bis Castle View und The Wynd. Straßenlaternen bildeten funkelnde Bänder in der Dunkelheit, wie ein mit Tautropfen gesprenkeltes Spinnennetz.

Er hob die Flasche an die Lippen, als die ersten Schneeflocken durch die kalte Nachtluft herabschwebten. Ein 1896er Château de Laubade Armagnac – über tausend Pfund die Flasche –, und er soff ihn aus der Flasche wie ein Wermutbruder. Eine sanfte Wärme breitete sich in seinem Brustkorb aus. Schützte ihn vor der Kälte. Betäubte den Schmerz in seinem gebrochenen Finger. Und gab ihm den Mut, zu tun, was getan werden musste.

Noch ein Schluck, und er starrte in die Schwärze vor seinen Augen. Hier war die Felswand am steilsten. Die ideale Stelle zum Springen. Sobald er seinen Armagnac ausgetrunken hatte – es wäre eine Schande, etwas so Vollkommenes verderben zu lassen. Wenn er fertig war – *dann* würde er es tun.

»… aber vor allem möchte ich unserem *verehrten* Gast danken, dass er sich trotz seines vollen Terminkalenders die Zeit genommen hat, heute zu uns zu kommen, um unsere neuen Büroräume zu eröffnen.« Der dicke Mann tritt zurück und eröffnet den Applaus.

Es ist ein gesichtsloses Industriegebäude, nicht zu unterscheiden von all den anderen gesichtslosen Industriegebäuden im Gewerbegebiet Shortstaine. Ohne das blaue Plastikschild über dem Eingang – SCOTIABRAND TASTY CHICKENS LTD. – DAS SCHMECKT HUHN-TAS-TISCH! – würde man es glatt übersehen. Aber morgen wird es einen großen Artikel im Lokalblättchen geben, in dem von »Schaffung von Arbeitsplätzen« und »regionalem Wirtschaftswachstum« schwadroniert wird, geschmückt mit einem Foto des allseits beliebten Parlamentsabgeordneten, des weißhaarigen, leutseligen Lord Peter Forsyth-Leven.

Peter lächelt und hebt die Hand. Er wartet, bis das Klatschen verebbt, ehe er zu seiner »Es-ist-mir-ein-großes-Vergnügen/Herausforderungen-von-morgen/vorwärts-Schottland«-Rede ansetzt. Es ist die gleiche Rede, die er bei jeder dieser langweiligen kleinen offiziellen Veranstaltungen abspult. Büroräume eröffnen, Parkbänke widmen, Bäume pflanzen und so weiter und so fort – immer wollen sie ihn dabeihaben. Aber so ist das nun mal, wenn man Abgeordneter im Schottischen Parlament für Oldcastle South ist und zudem ein waschechter Lord. Sechzig Jahre *noblesse oblige*.

Er endet mit einem Witz über zwei alte Damen aus Castle Hill und den magischen Sack des Weihnachtsmanns. Dann enthüllt er die winzige blaue Plakette, die diesen stolzen Moment für ScotiaBrand Tasty Chickens Ltd. festhält.

Kameras blitzen, Hände werden geschüttelt, alles lächelt, und dann kann er *endlich* entfliehen.

Er kehrt dem tristen kleinen Industriebau den Rücken und marschiert hinüber zu seinem Bentley, wobei er im Gehen schon einmal die Zentralverriegelung öffnet. Andere Leute in seiner Position brauchen einen Chauffeur und ein Heer von Bediensteten, ehe sie sich an so etwas wie die Eröffnung eines Geflügelschlachthofs heranwagen, aber er ist da anders. Er kann gut mit Menschen umgehen und ist überhaupt nicht abgehoben, so steht es in allen Zeitungen.

Da wartet ein Mann auf ihn. Er lehnt in der Nähe des Wagens am Zaun, hat die Hände in den Hosentaschen und lächelt.

Peters Mutter hat ihm immer gesagt, ein Blick auf die Schuhe sagt dir alles über einen Mann, was du wissen musst. Der hier trägt Brogues aus schwarzem Leder, einen langen schwarzen Mantel, einen gut geschnittenen schwarzen Anzug mit weißem Hemd und eine scharlachrote Krawatte. Ein Geschäftsmann. Wahrscheinlich mit einer Einladung zu noch so einer verdammten Eröffnung.

»Mr Forsyth-Leven?« Der Mann lächelt und streckt die Hand aus.

Mister? Eine Unverschämtheit – er ist ein *Lord*.

Peter schaltet ebenfalls sein Lächeln ein. »Kann ich Ihnen behilflich sein?« Er öffnet schon mal die Autotür, nur um dem Mann zu demonstrieren, dass er viel zu tun hat, dass wichtige Leute und schwierige Entscheidungen auf ihn warten.

»Wohl eher umgekehrt. Ich möchte mit Ihnen über eine einmalige Anlagemöglichkeit sprechen.«

Geht das schon wieder los …

»Nun, das ist sehr freundlich von Ihnen, Mr …?« Er hört keinen Namen. Manche Leute haben einfach keine Manieren. »Aber ich fürchte, darüber werden Sie mit meinem Büro sprechen müssen. Ich denke …«

»Nein.« Der Mann hebt eine Hand, um ihn zum Schweigen zu bringen. »Ich glaube, das möchten Sie lieber persönlich abwickeln. Sie müssen wissen, dass die Gelegenheit einmalig und nur für Sie allein ist.«

Natürlich ist sie das. Ist doch immer dasselbe. Peter seufzt. »Um was geht es?«

»Darum, Sie vor dem Knast zu bewahren, Sie mieses altes Kinderficker-Schwein.«

Eine Sirene heulte irgendwo in der Dunkelheit. Das Schneetreiben war allmählich heftiger geworden, war von dahintreibendem Puderzucker in dicke, feste Flocken übergegangen, die unablässig aus dem tief orangefarbenen Himmel herabfielen. Sie blieben an seinen Kleidern und in seinen Haaren hängen, bildeten winzige Proto-Verwehungen in den Mauerfugen, die im Lauf der Nacht immer weiter anwachsen würden. Der Schnee würde auf seinen zerschmetterten Körper fallen, der am Fuß des Steilhangs lag. Würde ihn bedecken, bis nichts mehr zu sehen war, und ihn in seine eisige Umarmung schließen.

Er lächelte und nahm noch einen Schluck Armagnac.

Viel war nicht mehr in der Flasche.

Wenn das Wetter hielte, würde es vielleicht Wochen

dauern, bis er gefunden wurde. Vielleicht erst im Frühling. Nach Monaten. Und dann würde er noch einmal Schlagzeilen machen: »LORD PÄDO FORSYTH-LEVEN: LEICHE GEFUNDEN!« Sein Gesicht war taub von der Kälte und vom Alkohol, aber die Tränen brannten immer noch.

Sie sitzen im Bentley; der Mann im Mantel blickt aus dem Fenster, während Peter weint. Eine Hand hat er an seine Brust gedrückt, die andere bedeckt sein Gesicht. Er schluchzt wie ein kleines Mädchen. Was auf ironische Weise passend ist.

Schließlich verebbt das Schniefen. Er trocknet sich Augen und Nase mit einem Taschentuch.

Der Mann sieht ihn nicht einmal an. »Sind Sie fertig? Oder muss ich Ihnen noch einen Finger brechen?«

»Ich hab es nicht gewollt … Es ist nur … Manchmal … Ich kann nichts dafür, sie …«

Ein harter Schlag ins Gesicht bringt ihn zum Schweigen.

»Ich will keine *Rechtfertigungen* hören, warum Sie Kinder ficken, verstanden? Wenn Sie mir noch einmal damit kommen, prügle ich Ihnen die Scheiße aus dem Leib.«

»Es tut mir leid …« Die Tränen fließen wieder.

»Das kann ich mir vorstellen. Es tut Ihnen leid, dass Sie erwischt wurden. Hätten eben nicht die ganzen Kinderpornos auf Ihrem Laptop lassen sollen, wo er jederzeit von einem Einbrecher gestohlen werden konnte, nicht wahr?«

»Ich …« Peter lässt den Kopf hängen. So viele Jahre ging das schon, da war es klar, dass irgendwann jemand dahinterkommen würde. Aber das macht es nicht weniger schmerzlich. »Was … Was wollen Sie?«

»Ich will das Gemälde. Den *Birnbaum*. Das wird für den Anfang genügen.«

»Den ... Den *Birnbaum*? Aber das ist ein Monet, der ist mindestens ...«

Der Mann starrt ihn an, die Miene unbewegt, wie ein weißer Marmorblock.

Peter räuspert sich. Reckt das Kinn in die Höhe. Zeigt etwas von der stählernen Entschlossenheit, die ihn bei Debatten im schottischen Parlament zu einem so gefürchteten Kontrahenten gemacht hat. »Und wenn ich ihn nicht rausrücke?«

»Zwei Möglichkeiten. Erstens: Ich prügle Sie windelweich und übergebe Sie dann mitsamt Ihrem Laptop voller Kinderpornos der Polizei.«

Zum ersten Mal seit vierundfünfzig Jahren würde Peter sich am liebsten in die Hose machen. Er wagt kaum zu fragen: »Und die zweite?«

»Zweite Möglichkeit: Ich fahr mit Ihnen raus in die Dundas Woods, brech Ihnen sämtliche Knochen im Leib und verscharre Sie dann lebendig.«

»Ich ... Ich werde ... Das *können* Sie doch nicht ...«

»Soll ich Ihnen noch einen Finger brechen?«

»Das Gemälde! Ich gebe Ihnen das Gemälde!«

Der Mann lächelt. »Sehen Sie, das macht Sie zu einem so guten Politiker: Sie wissen, wann Sie Kompromisse eingehen müssen. Lassen Sie den Wagen an – wir fahren es gleich holen.«

»Aber ...«

»Jetzt.«

Peter dreht den Zündschlüssel um.

Der Elektriker hat die neue Alarmanlage immer noch nicht fertig installiert, als sie zum Haus zurückkommen. Dabei ist das Kind ja schon in den Brunnen gefallen … Nicht, dass es noch darauf ankäme. In fünfzehn Minuten wird der einzig schützenswerte Gegenstand im Haus weg sein.

Peter parkt den Bentley und steigt aus. Es wird kälter. Er sieht zu, wie der Mann sich langsam um die eigene Achse dreht und den Blick über das Haus und die Umgebung schweifen lässt. Wahrscheinlich, um »die Lage zu checken«, wie sie's im Fernsehen immer machen.

Die Fletcher Road ist eine Straße mit großen viktorianischen Herrenhäusern, hohen schmiedeeisernen Toren, ummauerten Gärten und viel altem Geld. Hier wohnt die Elite der Stadt – die Leute, die seit Generationen die Geschicke der Stadt lenken. Leute wie Peter.

Der Mann nickt. »Sehr beeindruckend«, sagt er und blickt stirnrunzelnd zu dem Elektriker auf, der einen blau-gelben Plastikkasten an die Außenwand schraubt. »Nur schade, dass es eine von den alten Fünfundzwanzig-Fünfzigern ist. Ein Profi hat das Ding in vierzig Sekunden kurzgeschlossen, und schon ist er drin.« Er lächelt. »Wenn Sie wollen, kann ich Ihnen etwas nicht ganz so … Amateurhaftes empfehlen.«

Petes Wangen glühen. »Können wir es bitte einfach hinter uns bringen?«

Achselzucken. »Na ja, aber geben Sie nicht mir die Schuld, wenn das nächste Mal so ein Junkie-Schwein Sie ausraubt, okay?«

Peter kehrt ihm den Rücken zu und stürmt ins Haus.

Das Bild ist im Esszimmer: ein Birnbaum im Sonnenuntergang, eine einzelne goldene Frucht, die zwischen den dunkelgrünen Blättern hängt, der Himmel wie eine lodernde Feuersbrunst, die an den Rändern in Indigo und Schwarz übergeht. Es ist der teuerste Gegenstand, den er je besessen hat. Es ist mehr wert als das Haus. Er zittert, als er den Rahmen berührt.

Hinter ihm ertönt ein Pfiff. Und dann: »Wunderschön …«

»Mein Großvater hat es nach dem Ersten Weltkrieg aus Frankreich mitgebracht. Er …« Er will gerade die Geschichte erzählen, wie der alte Mann es Monet persönlich abgekauft hat, da merkt er, dass es sinnlos ist. Dieser Mann ist nicht an Kunst interessiert; er will nur wissen, wie viel es wert ist. »Ist ja auch egal.«

Peter nimmt das Bild ab und legt es auf den Tisch.

Der Mann öffnet eine große Reisetasche. Dann steht er da und starrt das Gemälde an. »Als ich es das erste Mal gesehen habe, war ich sieben«, sagt er leise. »Mein Dad hatte mich zu dieser Ausstellung in der Galerie mitgenommen. Ich weiß noch, wie ich es angeschaut habe und gedacht habe, dass es das Schönste war, was ich je gesehen hatte.«

Peter schließt die Augen. In den vergangenen vierzig Jahren hat er das Gemälde nur vier Mal ausgeliehen. Er hätte es nie aus dem Haus geben dürfen. Wenn er besser darauf *aufgepasst* hätte, wäre dieser Mann jetzt nicht hier.

Er hört das Geräusch eines Reißverschlusses, und als er die Augen wieder aufschlägt, ist der *Birnbaum* verschwunden.

Der Mann nimmt die Tasche vom Tisch und schlingt

sich den Riemen über die Schulter. »Lassen Sie Ihren Anwalt den Übereignungsvertrag aufsetzen. Ich will, dass bis Ende der Woche alles geregelt ist.«

Ende der Woche: das ist morgen – Freitag, der 23. »Das wird vielleicht nicht möglich sein …« Seine Stimme klingt matt und tonlos. Er hat alles verloren. Das Gemälde ist nur die Spitze des Eisbergs, und er weiß es. Danach wird es Geld sein, Schmuck, der Wagen. Er wird *alles* verkaufen müssen. Ausgeblutet, bis nichts mehr übrig ist. Und dann wird der Mann ihn entweder umbringen oder der Polizei übergeben.

»Tja, Sie sollten lieber hoffen …«

Das Klingeln von Peters Handy unterbricht ihn – eine polyphone Wiedergabe von Wagners *Tristan und Isolde*. Peter fischt das Handy aus der Tasche und meldet sich. Die Macht der Gewohnheit.

»Hallo?«

»Pete? Pete, ich bin's, Tony.«

Peter stöhnt – als ob nicht alles schon schlimm genug wäre.

»Pete, wir haben ein Riesenproblem!«

»Es ist zu spät.«

»Zu spät? Scheiße! Sie sind doch nicht bei dir, oder? Pete, ist die Polizei bei dir? Oh, FUCK!«

Peter seufzt. Tony war immer schon ziemlich leicht erregbar – eine bedauerliche Folge des Handels mit illegalen Fotos und Videodateien.

»Nein, die Polizei ist nicht hier. Ich bin …« Er sieht den Mann an, doch der schüttelt den Kopf. Es ist klar, was er sagen will: Die Sache geht nur sie beide etwas an. »Margaret geht es nicht besonders gut.« Was nicht gelogen ist. Wenn er Glück hätte, würde der Kehlkopfkrebs sie umbringen, bevor ihm das Geld ausging und der Mann ihn auffliegen ließ. Sie würde es nie erfahren müssen.

»Was interessiert mich deine Alte, Mann? Sie haben jemanden verhaftet! Diesen Vollidioten von Lehrer! Er wird reden!«

Peter muss tatsächlich lachen. Er wirft den Kopf in den Nacken und lacht.

»Pete? Was ist in dich gefahren, verdammt noch mal? Hast du nicht gehört, was ich gesagt habe? Er wird uns verraten!«

Der Mann legt Peter eine Hand auf die Schulter. »Was ist denn so verdammt komisch?«

»Ich will mein Bild wiederhaben.« Er grinst wie ein Irrer. »Sie haben jemanden verhaftet … jemanden aus dem gleichen ›Club‹. Und sobald er redet, kommt alles ans Licht. Sie haben gerade Ihr Druckmittel eingebüßt.«

»Das glauben Sie aber nur.«

»Alle werden es wissen. Ich werde so oder so ruiniert sein. Also erzählen Sie es, wem Sie wollen. Es wird keinen Unterschied machen.« Er strafft die Schultern. »Und jetzt geben Sie mir mein verdammtes Gemälde zurück!«

Der Mann denkt einen Moment nach, dann fragt er: »Wer ist es? Wen haben sie verhaftet?«

»James Kirkhill – er unterrichtet Englisch an der Kingsmeath Secondary.«

»Und sonst haben sie niemanden aus Ihrem ›Club‹ hochgenommen?«

»Nein.«

»Gut.« Der Mann klopft ihm auf den Rücken. »Dann habe ich noch eine andere ›Anlagemöglichkeit‹ für Sie und Ihre Freunde …«

Die Flasche war fast alle, nur noch ein, zwei Schlucke, dann war es so weit. Ein kleiner Schritt für die Menschheit, ein gewaltiger Sprung für Lord Peter Forsyth-Leven. Inzwischen war nicht nur sein Gesicht taub. Seine Hände waren wie gefrorene Klauen, und er konnte seine Füße nicht spüren. Aber das war nicht wichtig. Bald schon würde er nie wieder irgendetwas spüren.

All die bedeutenden Dinge, die er in seinem Leben vollbracht hatte – das ehrenamtliche Engagement, die glänzende Karriere in der Politik – und das Einzige, was von ihm in Erinnerung bleiben würde, war das hier.

Pädophiler. Selbstmörder. Mörder.

Mit den beiden ersten hätte er leben – oder, besser gesagt, sterben – können, aber nicht mit dem letzten. Das brachte das Fass zum Überlaufen.

Er leerte die Flasche, und nach einem letzten prüfenden Blick durch das Glas schleuderte er sie in die Tiefe. Einen Augenblick lang taumelte sie funkelnd durch das Schneetreiben, dann konnte er sie nicht mehr sehen. Er hielt den Atem an, lauschte angestrengt auf das Geräusch, mit dem sie unten auf den Felsen zerschellen würde … doch da war nichts. Nur der Wind, der Schnee und die Nacht.

Peter kletterte auf die höchste Zinne der Festungsmauer.

Es war Zeit.

Der Plan ist einfach: Jedes Mitglied des »Clubs« steuert fünftausend Pfund bei, und damit kaufen sie sich ein Leben. Ein Menschenleben für fünfunddreißigtausend Pfund. Gar nicht mal so viel, wenn man es sich überlegt. Fünftausend Pfund, um weitermachen zu können, als ob nichts passiert wäre. Um unbehelligt ihre kleinen privaten … »Indiskretionen« fortsetzen zu können.

Fünftausend Pfund, um einen Menschen umbringen zu lassen.

Der Mann geht erst, nachdem Peter ihm alle Namen gegeben hat, damit auch niemand »vergisst« zu bezahlen. Den *Birnbaum* nimmt er mit. Zurück bleibt ein Schatten auf der verblassten Tapete. Und so schlägt Peter die Zeit tot, indem er im Wohnzimmer auf und ab geht. Und eine Tasse Tee nach der anderen trinkt. Und immer wieder die Treppe hinaufläuft, um nach Margaret zu sehen. Und dann setzt er sich wieder an den Esszimmertisch und starrt die Lücke an, die Monets Gemälde zurückgelassen hat.

Der Anruf kommt um halb zehn – es ist Tony, der sich anhört, als ob der Weihnachtsmann schon drei Tage früher zu ihm gekommen wäre. »*Hast du die Nachrichten gesehen? Sie haben den Idioten heute Nachmittag gegen Kaution freigelassen. Um acht haben sie seine Leiche gefunden – erhängt in seinem Schlafzimmer. Mit Abschiedsbrief und allem Drum und Dran! Er hat sich umgebracht, also müssen wir deinem Typen keinen verdammten Penny zahlen! Es ist perfekt!*«

Perfekt.

Peter sitzt am Tisch und blickt auf zu dem Schatten an der Wand. »Wie kommst du darauf, dass der Mann ihn nicht umgebracht hat und es wie einen Selbstmord *aussehen* ließ?«

»*Sei doch nicht …*« Eine ausgedehnte Pause. »*Könnte er das* tun?«

Peter muss fast lachen. »Natürlich könnte er das, aber es spielt keine Rolle, oder? Er hat unsere Namen. Was glaubst du denn, was er tun wird, wenn wir uns weigern?«

Wieder eine Pause, und dann eine Flut von Schimpf-wörtern. »*Du Schwein! Du hast ihn uns auf den Hals gehetzt, und jetzt wird er uns alle erpressen! Du blöder, hirnrissiger Scheiß* –«

Peter legt auf, vergräbt das Gesicht in den Händen und weint.

Er hat alle verraten. Seine Familie, seine Freunde, seine Wähler, seine Stadt, sogar seine Mit-Pädophilen …

Es gibt nur noch eine Sache, die er tun muss, und dann kann er alles vergessen. Ihm bleibt keine Wahl.

Fünfundzwanzig Meter geht es in die Tiefe.

Er war zu betrunken, um sich an den Physikunterricht in der Schule zu erinnern und auszurechnen, wie lange es dauern würde, bis er auf dem Boden aufschlug, oder wie schnell er in diesem Moment sein würde.

Pädophiler, Selbstmörder, Mörder …

Hätte er zulassen sollen, dass Margaret von den schreck-lichen Dingen erfuhr, die er getan hatte? Dass er einen Mann hatte *ermorden* lassen? Ganz gleich, was dieser Idiot Tony sagte – es war offensichtlich, dass der Mann James Kirkhills Selbstmord inszeniert hatte. Der Lehrer hatte sterben müssen, nur damit Peters Geheimnis gewahrt blieb. Es war alles seine Schuld.

Also war er nach oben in Margarets Zimmer gegangen,

hatte sie zärtlich auf die Stirn geküsst, hatte ihr vorgelogen, wie wunderschön sie aussehe, und dann hatte er ihr ein Kissen aufs Gesicht gedrückt, bis sie sich nicht mehr gewehrt hatte. Sie würde nie erfahren, was für ein Ungeheuer sie geheiratet hatte.

Peter nahm seine Brille ab, schloss die Augen und trat ruhig über die Kante der Festungsmauer.

XI.
Elf spielende Dudelsackpfeifer

Dieses Schwein. Dieses miese, dreckige *Schwein*. Craig saß im Auto, starrte finster durch die Windschutzscheibe und knirschte mit den Zähnen, während er immer wieder aus einer Flasche Highland Park trank. Der Whisky brannte in seinen Eingeweiden, fachte das Feuer an.

Das Lied im Radio wurde ausgeblendet. »Ha, ha! Sie hören Sensational Steves wahnsinnige Weihnachts-Wundertüte. Na, wart ihr auch alle nett zu Santa?«

Idiot.

Dann drang ein höllisches Heulen und Kreischen aus den Lautsprechern – die Oldcastle Military Pipe Band machte mit ihren Dudelsäcken »Stille Nacht« den Garaus.

Craig richtete seinen finsteren Blick auf das Autoradio. Und dann schlug er mit der Faust rein. Ein jäher Schmerz durchzuckte seine Hand – die Haut an den Knöcheln war aufgerissen, er blutete. Craig schrie und fluchte, rammte seinen Sitz so weit nach hinten, wie es nur ging, und trat mit dem Absatz gegen die Plastikabdeckung. Immer und immer wieder. Die Musik brach ab.

Noch ein letzter Schluck Highland Park, und Craig drückte den Korken wieder rein, schob die Flasche in eine

Tasche seiner langen Barbour-Wachsjacke und hievte sich aus dem Auto. Er hatte total schief eingeparkt, diagonal über zwei Stellplätze hinweg, aber das war ihm egal.

Er öffnete den Kofferraum und nahm die Schrotflinte heraus.

Nach dem heutigen Tag war nichts mehr wichtig.

Er zog nicht einmal ein Parkticket.

»Ho, ho, ho ...« Santa strahlte und beugte sich herab, um auf gleicher Augenhöhe mit dem kleinen Mädchen zu sein. Ein süßes Ding mit roten Haaren und Sommersprossen, das am Daumen lutschte und sich hinter dem Bein seiner Mama versteckte. Wahrscheinlich hatte sie schon viele Geschichten über den Weihnachtsmann gehört, aber jetzt saß er zum ersten Mal leibhaftig vor ihr.

»Wie heißt du denn, kleines Mädchen?« Er versuchte seine Stimme weich und knuddlig klingen zu lassen, nicht zu laut, weil die kleinen Bälger dazu neigten, sich in die Hose zu machen, wenn sie sich erschreckten.

Sie nahm den Daumen aus dem Mund. »Thara.« Und steckte ihn wieder rein.

Der Weihnachtsmann alias Stephen Wilson strahlte sie an.

Der Job war gar nicht so übel, wenn man sich einmal an die popelige Grotte aus Spanplatten gewöhnt hatte, an den unbequemen »Thron«, von dem einem der Hintern einschlief, und den gefütterten Anzug, in dem einem der Schweiß in die Arschfalte lief. An den Bart, der wie die Hölle juckte, an das Endlosband mit Weihnachtsliedern, das einen in den Wahnsinn trieb, und an die rotznäsigen kleinen Bengel, die Geschenke forderten. Davon abgesehen waren sechs Wochen als Kaufhaus-Weihnachtsmann nicht allzu anstrengend.

Man musste nur »Ho-ho-ho« sagen, lächeln und zwinkern, man durfte sie sich nicht aufs Knie setzen, damit niemand auf die Idee kam, man wäre ein perverser Kinderschänder, und man durfte die Mutter nicht nach ihrer Telefonnummer fragen, auch wenn sie eine totale MILF war. Es war ja auch nicht sehr wahrscheinlich, dass sie sie einem fetten Kerl mit Bart geben würde.

»Und bist du denn auch ein braves Mädchen gewesen, Sarah?« Ein paar Sprüche loslassen: immer schön beten, brav die Zähne putzen, in der Schule fleißig sein, und hier hast du dein Geschenk – irgendein billiges Plastikspielzeug, eingewickelt in Weihnachtspapier mit Schneemännern.

Die Mutter des rothaarigen Mädchens war definitiv eine MILF. »Wie sagen wir zu Santa, Sarah?«

»Danke, Thanta!«

»Braves Mädchen.« Sie nahm die Hand ihrer Tochter und führte sie aus der Grotte.

Thanta starrte auf Mamas Hintern – es war, als ob Gott zwei vollkommen geformte Grapefruits in eine Socke gesteckt hätte. Seufz …

Der Nächste, bitte!

Eine Schrotflinte unter einer langen Jacke zu verstecken war längst nicht so einfach, wie es in den Filmen immer aussah. Es war fast unmöglich, das Ding auf diese Weise zu halten, zumal mit einer dermaßen geschwollenen und blutenden Hand. Auf dem Weg vom Auto zum Aufzug ließ er sie ein halbes Dutzend Mal fallen, ehe er den Bogen raushatte. Craig zog den linken Arm aus dem Ärmel und hielt die Flinte mit der Mündung nach unten unter der Jacke. Er hätte den Lauf mit einer Bügelsäge absägen sollen. Und der viele Whisky war auch nicht gerade hilfreich; dauernd verschwamm alles vor seinen Augen. Ein Wunder, dass er es überhaupt bis hierher geschafft hatte, ohne einen Unfall zu bauen.

Er musste ein Auge zukneifen, um den Knopf zu treffen, der den Aufzug herholte. Er wankte zwei Schritte rückwärts und einen zur Seite, als eine Frau mit einem Kinderwagen von den »Mutter-und-Kind«-Parkplätzen kam.

Sie starrte ihn an, wie er da leicht schwankend stand, einen Arm unter seiner langen Wachsjacke verborgen, und fragte sich offensichtlich, ob er betrunken oder pervers war oder beides. *Ist das eine Schrotflinte in deiner Tasche, oder freust du dich nur, mich zu sehen?*

Sie blickte von der Treppe zu den Aufzügen, von dort zu Craig und wieder zurück zur Treppe. Dann machte es *ping*, und die Türen glitten auf. Sie zuckte mit den Achseln und folgte ihm in die hell erleuchtete Metallkabine.

»Ich bin …« Craig räusperte sich, als die Türen zugingen. Der Trick bestand darin, alle Wörter in die richtige Reihenfolge zu bringen, dann würde es nicht mehr so besoffen klingen. »Ich bin kein Per… Perverser.«

Sie mied jeden Blickkontakt, stand nur da und sah zu, wie die Etagennummern bis zum rettenden Erdgeschoss herunterzählten.

»Ich bin glück… glücklich verheiratet.« Er runzelte die

Stirn. »Nein, nein, nein: nicht glücklich. Ich war glücklich, aber ich bin es nicht mehr … verstehen Sie?« Schweigen. »Wissen … wissen Sie, ich *war* glücklich, aber, aber … Sie schläft mit … mit einem anderen!«

Er wartete ab, ob sie ihm vielleicht ihre Anteilnahme ausdrücken würde, aber sie hielt den Blick starr auf die Anzeige gerichtet.

»Sie haben recht«, sagte er und lehnte sich mit dem Hinterkopf an die kühle Metallwand. »Ich sollte den Mund halten und Sie … Sie in Ruhe lassen.« Er schloss die Augen und wartete, bis der Aufzug mit einem Ruck anhielt.

Ping – der Geräuschpegel schwoll schlagartig an, als die Türen sich auf der Hauptverkaufsebene öffneten. Die Räder des Kinderwagens quietschten, und dann war er allein.

Craig holte tief Luft und warf sich in das Gedränge, die Schrotflinte unter der Jacke fest umklammert. Zeit, dem verfickten Weihnachtsmann einen Besuch abzustatten.

Stephen rutschte auf seinem Thron hin und her. Es musste bei diesem Scheißding doch irgendeine Position geben, bei der sein Arsch sich nicht selber auffraß. Er könnte von Glück sagen, wenn er bis zum zweiten Weihnachtstag keine Hämorrhoiden hätte.

Er gab seinem Ober-Elfen das Zeichen, das nächste Kind reinzulassen. Ein kleiner Junge mit laufender Nase. Dann kam ein kleines Mädchen namens Ashley, dessen Mutter aussah wie ein Mann in Frauenkleidern. Und dann noch ein kleiner Junge namens Simon, der sich einen Dinosaurier wünschte, und ein Flugzeug und einen Hund und einen Action-Man-Kung-Fu-Killer und eine Mütze und einen Dinosaurier und ein Schokoladenhaus und und und …

Dann war es endlich halb zwölf, Zeit für Stephens reguläre fünfzehnminütige Tee- und Pinkelpause. Der Elf – ein Teilzeit-Goth namens Greg, dessen Verkleidung aus einem grünen Kittel, einem spitzen grünen Hut, grünen Schnabelschuhen und einer rot-weiß-gestreiften Strumpfhose bestand, stellte das Schild mit der Aufschrift »DER WEIHNACHTSMANN IST GLEICH WIEDER DA!« vor den Eingang der Grotte, und dann verpissten sie sich beide durch die Hintertür.

Die Kaufhausleitung war so nett gewesen, die Grotte in einen der Lieferanteneingänge zu bauen, sodass der Weihnachtsmann pinkeln gehen konnte, ohne von den Kindern gesehen zu werden. Und dann, nachdem er seine Blase erleichtert hatte, nahm Stephen seine pelzbesetzte rote Mütze ab, die weiße Perücke und den Bart, und verzog sich mit Greg dem Weihnachts-Goth auf einen heimlichen Joint ins Treppenhaus. Im toten Winkel der Überwachungskameras.

Greg lehnte sich mit dem Rücken an die Wand. »Und … heute Abend schon was Aufregendes vor?«

Stephen nahm noch einen Zug und hielt den Rauch so lange wie möglich in der Lunge, um ihn dann mit asthmatischem Pfeifen auszustoßen. »Schön wär's. Ich geh mit meiner Tochter in diesen neuen Trickfilm – *Skeleton Bob und die Hexenweihnacht*. Sie ist ganz verrückt nach den Büchern.«

»Ist der gut?«

»Glaub ich kaum.«

»Blöd für dich.« Greg nahm noch einen tiefen Zug.

»Hast du ein bisschen Dope für mich?«

»Dope?« Greg lachte eine kleine Rauchwolke heraus. »Mann, bist du hinter dem Mond. Ja, Opa. Ich hab ›Dope‹ für dich. Das ist ›*groovy, man*‹.« Er machte sogar sarkastische kleine Gänsefüßchen mit den Fingern.

»Sehr witzig.« Stephen nahm noch einen letzten Zug, dann drückte er den Joint aus. »Komm, machen wir uns wieder an die Arbeit.«

Zwischen Craig und der Grotte stand eine lange Schlange von kleinen Kindern mit ihren Eltern. Ein blasser Teenager im Elfenkostüm erschien im Eingang der Weihnachtsmann-Höhle und winkte das erste Kind herein. Fünf Minuten später trat das kleine Mädchen an der Hand seiner Mutter aus einer Seitentür, beladen mit einem kleinen Geschenkpaket, und warf noch einen Blick zurück auf den miesen Ehebrecher im roten Kostüm. Und dann ging das nächste Kind hinein.

Craig stellte sich hinten an. Sah zu, wie ein weiteres Kind durchgeschleust wurde. Schloss mit Trippelschritten auf und sah auf seine Uhr: fünfzehn Kinder, fünf Minuten pro Kind ... Bei dem Tempo würde es über eine Stunde dauern, bis er auf dem Schoß des Weihnachtsmanns sitzen durfte. Das war ihm doch zu blöd. Er scherte aus der Schlange aus und wankte auf den Ausgang der Grotte zu.

»Und wie heißt du, kleines Mädchen?«

»Hanna!«, krähte sie. Sie konnte kaum still stehen, so aufregend fand sie es, im Haus des Weihnachtsmanns zu sein.

Stephen grinste sie an; das Gras ließ ihn alles in einem

weichen, warmen, rosigen Glanz sehen. Greg konnte ihn mal – das *war* groovy. »Hallo, Hanna. Und bist du denn auch ein braves Mädchen gewesen im letzten Jahr?«

»Ja, Thanta!« Die lispelte ja auch! Köstlich.

»Und was wünschst du dir zu …«

Die Ausgangstür wurde aufgerissen, und ein Mann wankte herein, begleitet von einer Whiskyfahne.

Stephen war ein Vollprofi – er redete weiter mit der tiefen Ho-ho-ho-Stimme und verzog keine Miene. »Es tut mir leid, aber Santa ist gerade mit Hanna beschäftigt.«

Das kleine Mädchen kicherte.

»Willst …« Der Mann richtete sich auf und schielte ihn an. »Willst du mich nicht fragen, ob ich brav war?«

Okay – das war nicht gut.

Stephen winkte Greg zu. »Heda, mein treuer Elf!«

Greg grüßte militärisch stramm. »Sir!«

»Dieser Mann hat sich verirrt, könntest du ihm helfen …«

»FRAG MICH, OB ICH BRAV WAR!«

Hanna lächelte nicht mehr, sie klammerte sich an Stephens Bein.

Ihre Mutter kniff die Augen zusammen. »Gehört das zur Vorstellung?«

»Äh …« Stephen blinzelte. Die wichtigste Regel für Kaufhaus-Weihnachtsmänner lautete: Nie aus der Rolle fallen. »Nun, ich muss einmal auf meine Liste nachsehen, ich prüfe sie immer zweimal, aber …«

Der Mann trat zwei Schritte vor und fauchte lallend: »*Ich* war brav, aber *du* nicht, hab ich recht? DU HAST'S MIT MEINER FRAU GETRIEBEN!«

»Was? Machen Sie Witze? Ich bin verheiratet!«

»DAS … BIN … ICH … AUCH!« Bei jedem Wort schlug er sich mit der Faust an die Brust.

Ach du Scheiße – ein Verrückter. Stephen hatte nicht die Absicht, sich für einen Hungerlohn von einem besoffenen Idioten verprügeln zu lassen. Scheiß auf den Weihnachtsmann-Codex. »Hören Sie, ich habe keine Ahnung, wer Sie sind, aber ich habe nie mit Ihrer Frau geschlafen, okay? Jetzt gehen Sie bitte, Sie machen dem Kind Angst …«

Und da zog der Mann die Schrotflinte heraus.

Craig hob die Flinte, bis sie genau zwischen die Augen des Dreckschweins zielte. »Liz hat mir alles erzählt.« Er entsicherte die Waffe, als gerade *Jingle Bells* aus den Lautsprechern dudelte. Tränen trübten seinen Blick, dabei hatte er sich geschworen, dass er nicht weinen würde. »Sechs Monate! SECHS VERDAMMTE MONATE!«

Der todgeweihte Weihnachtsmann hob die Hände, die Augen schreckgeweitet. »Ich war's nicht! Ich schwör's! Bitte!«

»Du und sie – nach den Proben von diesem beschissenen Dudelsackorchester! Dreimal die Woche, volle sechs Monate lang!« Die Schrotflinte wurde allmählich schwer und begann sich zum Boden zu neigen.

»Mann, ich habe Ihre Frau nie angerührt – und ich spiele auch nicht in einem Orchester. *Ich kann nicht mal Blockflöte spielen!*«

Craig verzog das Gesicht, ohne den dreckigen Lügner aus den Augen zu lassen. »Ich weiß, dass du's bist – sie hat's mir *gesagt*! Du – der verfickte Weihnachtsmann!« Er wuchtete die Schrotflinte wieder hoch. »Hast bei meiner Frau deinen Sack geleert!«

»Bitte!« Schweiß rann über das Gesicht des Weihnachtsmanns in seinen Bart. »Nicht vor den Kindern, hm?« Er beugte sich zu dem kleinen Mädchen herab … Hanna? Zog sie zu sich heran, bis sie vor ihm stand. »Sie wollen ihr doch nicht das Weihnachtsfest verderben, oder?«

»Nein!« Die Frau machte einen Satz auf ihn zu, doch Craig schwang die Flinte herum. Sie blieb zitternd stehen. »Bitte, lassen Sie mich mein kleines Mädchen nehmen! Bitte!«

Craig ignorierte sie. »War sie gut?«, fragte er. »Meine Frau – war sie gut?«

»Ich habe sie nie angerührt, ich schwör's!«

»Sie ist erst vier!«

Der Idiot im Elfenkostüm hob die Hand. »Vielleicht …« Seine Stimme versagte, und er musste neu ansetzen. »Äh … Vielleicht ist es ja ein anderer Weihnachtsmann? Nicht wahr? Die sehen doch alle gleich aus, oder? Mit dem Bart und der Mütze und dem dicken Bauch?«

Craig sah ihn mit zusammengekniffenen Augen an. »Versuchen Sie ja nicht, mich für dumm zu verkaufen! Sie hat gesagt, dass sie mit dem Weihnachtsmann im Einkaufszentrum ge… gevögelt hat.« Seine verletzte Hand pochte – er fasste die Schrotflinte mit der anderen.

»Von welchem Einkaufszentrum?«, fragte der Elf.

Craig machte den Mund auf. Dann runzelte er die Stirn und fluchte. Es gab *zwei* im Stadtzentrum: das Guild Centre in der Dean Street und dieses hier. »Das hat sie nicht gesagt.«

»Sehen Sie?« Der Typ mit dem Bart sank auf seinem Thron zusammen. »Ich hab Ihnen doch *gesagt*, dass ich es nicht war! Ich habe Ihre Frau nie angerührt; es muss der andere Weihnachtsmann sein!« Er bedeckte sein Gesicht mit den Händen. »Oh, Gott sei Dank …«

»Ich …« Craig schloss die Augen. Ein bohrender Kopfschmerz begann sich wie ein Holzwurm durch sein whiskybetäubtes Gehirn zu arbeiten. Wie hatte er sich so *irren* können? Er hatte es verbockt, so wie er alles immer verbockte. Seine letzte dramatische Geste war ein einziges Desaster.

Die Kaufhausleitung würde die Polizei rufen, sie würden ihn festnehmen, und sämtliche Zeitungen würden die Story bringen, damit auch der Letzte sehen konnte, was für ein Kretin er war. Er würde ins Gefängnis kommen, und Liz wäre ihn endlich los und könnte von morgens bis abends mit dem anderen Weihnachtsmann vögeln. Und über den dummen Craig lachen, der alles vermasselt hatte. »Sind Sie *sicher*, dass Sie nicht in einem Dudelsackorchester spielen?«

»Hundertprozentig.« Der Weihnachtsmann lächelte verkrampft. »Ich bin nicht im Orchester. Ich bin's nicht!«

Jingle Bells war zu Ende, und jetzt tönte *Deck the Halls with Boughs of Holly* aus den Lautsprechern. »… *Fallallallala* …«

»Es tut mir leid. Ich habe nicht …« Er hätte es wissen können. Das hatte er nun davon, dass er eine Flasche Whisky auf leeren Magen getrunken hatte. Er konnte nicht mehr klar denken.

Die Schrotflinte war so schwer. Wenn er sie nur einfach weglegen und schlafen gehen könnte.

»Es ist okay, so ein Fehler kann leicht passieren. Ich sagte gerade zu …« Und in diesem Moment ließ ein ohrenbetäubender Knall die Grotte erbeben. Wie ein Feuerwerk oder die Fehlzündung eines Autos.

Die linke Seite von Santas Gesicht verschwand in einem Regen von roten und grauen Bröckchen.

Craig sah auf die Flinte in seiner Hand herab.

Rauch stieg aus der Mündung auf. Die Frau fing an zu schreien, das kleine Mädchen heulte, und der Elf stand in der Ecke und übergab sich.

Der Weihnachtsmann fiel nicht einmal um – er saß nur da, eingeklemmt zwischen den Armlehnen des riesigen Throns, während Hirnmasse und Blut in seinen Bart sickerten. Die Wand hinter ihm war mit den Überresten seines Kopfs gepflastert. Es stank nach Schwefel, rohem Fleisch und frischem Erbrochenen.

Er hatte den falschen Mann erschossen. Aus Versehen.

Er konnte noch nicht mal richtig Scheiße bauen.

Irgendwie komisch, wenn man so drüber nachdachte.

Trotzdem, *eine* Sache gab es noch, die er richtig machen konnte. Craig setzte sich auf den Boden, zog seine Flasche Highland Park aus der Tasche und nahm einen langen, tiefen Zug. Dann klemmte er sich den Lauf unters Kinn und drückte ab.

Greg stand zitternd in der Ecke, holte tief Luft und vermied es, die Überreste von Liz' Ehemann Craig anzusehen. Oder Stephen auf seinem Thron – mein Gott, man kam sich vor wie in einem Horrorfilm.

Er wischte sich einen klebrigen, blutigen Batzen von

seinem gestreiften Kostüm. Ein langer roter Schmierfleck blieb zurück.

Gott sei Dank hatte er mit der Tätigkeitsbezeichnung ein bisschen übertrieben, als er ihr von seinem neuen Weihnachtsjob erzählt hatte. Welche Frau will schon mit einem Elfen vögeln?

XII.
Zwölf trommelnde Trommler

Es ist einen Moment still – die sprichwörtliche Ruhe vor dem Sturm –, und dann öffnen sich die Schleusentore der Hölle. Und zwar an beiden Enden.

»O nein …« Ich halte das schreckliche Ding so weit wie möglich von meinem Anzug weg, aber es ist schon zu spät: Milchig weißes Erbrochenes pladdert mir voll über die Schulter, während frischer Urin mein Hemd und meine Hose besprenkelt und den Stoff bis auf die Haut tränkt. »Du kleiner Mist–«

Ich registriere Stephanies Gesichtsausdruck und lasse den Fluch in einen Hustenanfall übergehen.

Fünfundvierzigjährige Männer sind nicht dafür eingerichtet, mit kleinen Kindern umzugehen. Es ist einfach nicht natürlich. Und klebrig ist es auch. »O Gott …« Er legt schon wieder los, pieselt wie eine lecke Teekanne.

»Ach, gib ihn schon her, Herrgott noch mal.« Sie streckt die Hände aus, und ich überreiche ihr unser erstes und einziges Kind – so, wie er sich benimmt, dürfte es kaum ein zweites geben. Stephanie macht »dutzi-dutzi«, während ich mir hektisch den Anzug vom Leib reiße und in die letzten sauberen Klamotten steige, die ich besitze: eine Jeans und ein kariertes Hemd. Jetzt sehe ich aus wie ein schlecht gelaunter Holzfäller.

Nicht mal Zeit zum Duschen habe ich – ich bin so schon spät dran.

Ich werfe den Anzug in den Wäschekorb, küsse meine Frau auf die Wange – es ist Heiligabend, deshalb gebe ich mir ein bisschen Mühe – und schenke meinem drei Monate alten Sohn das strahlendste Lächeln, das ich unter den Umständen zustande bringen kann. Und nehme die Beine in die Hand.

Es ist Viertel nach sieben am Morgen des Heiligabend; der Himmel ist schwarz wie verbrannter Toast und schüttet noch mehr Schnee auf das Stadtzentrum herab. Dicke fette Flocken, die zu Matsch zerschmelzen, sobald sie auf dem mit Splitt bedeckten, glänzenden Asphalt auftreffen.

Mein Atem hüllt meinen Kopf in eine Dampfwolke, als ich die Stufen zu dem wartenden Wagen hinuntereile.

PC Richardson sitzt am Steuer. Er ist ein großer, schlaksiger Mann mit einem Gesicht, das alte Damen lieben. Heute Morgen sieht er allerdings alles andere als glänzend aus, mit den Ringen unter seinen verquollenen roten Augen und den Stoppeln an Kinn und Wangen.

Er hat das Radio an, als ich ins Auto springe.

»… besorgt um die Sicherheit von Lord Peter Forsyth-Leven, der seit zwei Tagen vermisst wird. Weitere Meldungen: In der St. Jasper's Kirk wird heute ein Gedenkgottesdienst für die ertrunkene Schülerin Danielle McArthur stattfinden. Wir sprachen mit Danielles Familie …«

Richardson stellt den Ton leiser, bis die Stimme des

Nachrichtensprechers vom Rauschen der Heizung übertönt wird.

»Morgen, Chef.« Seine Mundwinkel sacken nach unten. Er seufzt.

Normalerweise müsste ich dem Kerl eins mit seinem eigenen Schlagstock überziehen, um seine penetrant gute Laune ein bisschen zu dämpfen. Ich will ihn gerade fragen, was los ist, da rümpft er die Nase und starrt auf mein Holzfäller-Outfit.

»Stinky«, so nennen sie mich hinter meinem Rücken.

Sie glauben, ich weiß es nicht, aber da irren sie sich. DI George »Stinky« McClain. Ich kann nichts dafür – ich habe eine Funktionsstörung der Schweißdrüsen. Der Himmel weiß, wie Stephanie das aushält. Ich wasche mich drei Mal täglich, benutze ein extra starkes Deo, aber der Geruch sickert am Ende immer durch. Das ist wahrscheinlich der Grund, warum ich so einen miserablen Geruchssinn habe. Reiner Selbstschutz.

Immerhin kann ich es diesmal auf das Baby schieben. Aber das tue ich nicht, ich schnalle mich einfach nur an. »Sie haben die Adresse?«

»Ja.« Wieder ein Seufzer – wie ein Luftballon, dem man die Luft rauslässt. »Denmuir Gardens Nummer vierzehn, gegenüber der Grundschule.«

»Natürlich. Welch eine Überraschung.« Ich werfe einen Blick auf die Uhr am Armaturenbrett: achtzehn Minuten nach sieben. Wir sind spät dran.

Es herrscht kaum Verkehr – nur ein paar Transporter, die Waren ausliefern, bevor die Geschäfte öffnen, leere Busse, die durch die dunklen, menschenleeren Straßen rumpeln, und ein oder zwei arme Schweine, die durch das Schneegestöber zur Arbeit stapfen.

Und dann verlassen wir das Zentrum und fahren über die Calderwell Bridge. Der Kings River glitzert unter uns wie eine riesige Schnecke, die langsam in Richtung Nordsee kriecht.

Kingsmeath ist nicht gerade das Schmuckstück von Oldcastle. Ein ausuferndes Konglomerat von Doppelhäusern und Wohnblocks, alles Sozialbauten, die in den Sechzigerjahren hingerotzt worden sind – und so sehen sie auch aus: wie zu Beton erstarrte Popel. Kein Wunder, dass hier alle Kleinkriminelle und Junkies sind.

PC Richardson biegt hinter Douglas on the Mound links ab. Der Kirchturm ist eingerüstet, die Mauern mit Graffiti beschmiert, der Friedhof eingeschneit. Die ganze Fahrt über hat er kaum ein Wort gesagt. Vielleicht ist ja der echte Richardson von Aliens entführt worden, und neben mir sitzt nur seine halbherzig zusammengeschusterte Kopie.

Wir brauchen fünf Minuten, um Denmuir Gardens zu finden: eine lange Reihe rußverschmierter Doppelhäuser mit durchhängenden Dächern und Satellitenschüsseln. Ungefähr in der Mitte verbreitert sich die Straße: ein vergammelter Spielplatz neben einem einstöckigen rostfarbenen Betonklotz, der als Grundschule Kingsmeath bekannt ist.

Richardson parkt den Wagen und stellt den Motor ab, während ich meinen Handapparat hervorhole und die Leitstelle anrufe. »Oscar Charlie, hier Charlie Hotel 6, wir sind in Position.«

Es knackt im Lautsprecher. »*Roger. Sie können los-
legen, sobald die anderen Einheiten in Position sind. Viel
Glück.*«

Ich stecke das Gerät wieder ein, dann lehne ich mich in
meinem Sitz zurück und beobachte das Haus. Die anderen zivilen Einsatzwagen des CID und der Transporter des
Hundeführers sollten jeden Moment hier sein.

Wieder ein tiefer Seufzer vom Fahrersitz.

Ich boxe Richardson in den Arm. »Sie machen ein Gesicht wie zehn Wochen schottisches Sommerwetter. Welche
Laus ist Ihnen denn über die Leber gelaufen?«

Er sieht mich an, dann starrt er hinaus auf die Schneeflo-
cken, die vom Himmel herabrieseln und im schwefelgelben
Schein der Straßenlaternen wie Goldstaub funkeln. Seine
Augen glänzen, dann rollt ihm eine Träne über die Wange,
seine Schultern beben, und dann brechen alle Dämme.
Er schnieft. Wischt sich mit dem Ärmel über die Augen.
Entschuldigt sich für seine Schwäche.

Du liebe Zeit. Ganz schön peinlich, oder? Einen Moment lang sitze ich einfach nur da. Dann zeigt die Schu-
lung in Personalführung Wirkung, und ich strecke den
Arm nach ihm aus und tätschle seine Schulter.

Er sieht mich an, seine Unterlippe zittert. »Ich habe einen Brief von meinem Arzt bekommen.« Wieder schnieft
er und wischt sich die Augen. »Scheiße, tut mir echt leid …
Ich … Ich habe letzte Woche Blut gespendet.«

Er atmet tief durch und schüttelt sich. »Ich bin HIV-
positiv.«

Und ich weiß, dass es dumm ist, und ich weiß auch, dass
es falsch ist, aber ich will ihn nicht mehr anfassen. Weil ich

ein mieser Feigling bin. Richardson ist seit Jahren in meinem Team, er hat Besseres verdient.

Ich tätschle noch einmal seine Schulter. »Sind Sie okay?« Eine bescheuerte Frage, aber was soll ich denn machen?

»Ich habe Sandra nie betrogen, das schwöre ich. Es muss … ich weiß nicht …«

In unserem Job kommen wir mit allen möglichen zwielichtigen Gestalten in Kontakt – und mit ihren Körperflüssigkeiten. Da reicht ein Tropfen Blut, und du bist geliefert. Arme Sau.

»Was sagt der Polizeiarzt?«

»Ich …« Richardson lässt den Kopf hängen. »Ich hab es erst am Mittwoch erfahren … hab's noch keinem gesagt. Nicht mal Sandra. O Gott.« Die Tränen flossen wieder. »Was soll ich ihr nur sagen? Was ist, wenn ich sie *angesteckt* habe? Was ist, wenn sie von mir Aids gekriegt hat?«

Was zum Teufel sagt man in so einer Situation? *Kopf hoch, könnte schlimmer sein?* Ich versuche es wieder mit dem Schultertätscheln, aber es hilft nicht, er weint nur umso heftiger …

Endlich treffen auch Kilo Mike 2 und 3 vom Revier Kingsmeath ein.

Richard atmet noch einmal mit bebenden Schultern durch und trocknet sich die Augen. Versucht so zu tun, als sei alles in Ordnung.

Ich mache den Klettverschluss meiner kugelsicheren Weste zu. »Ich will, dass Sie hier bleiben, okay? Behalten Sie das Haus im Auge, während wir reingehen.«

»Nein, ich bin okay. Sie brauchen doch jeden Mann.«

Ich schüttle den Kopf. »So viele nun auch wieder nicht. Sie hatten einen Schock. Sie …« Ich hole tief Luft. »Was ist, wenn etwas passiert und Sie jemanden infizieren? Es tut mir wirklich leid; ich weiß, es ist saublöd, aber Sie müssen im Auto bleiben.«

»Nein, ich muss mit Ihnen kommen, lassen Sie mich nicht …«

»Glauben Sie mir, ich hätte viel lieber *Sie* dabei als manche von diesen Kingsmeath-Heinis, aber Sie *müssen* im Auto warten. Das wissen Sie.«

»Aber …«

»Wir können darüber reden, wenn ich zurück bin, okay? Thain kann die Verhafteten aufs Präsidium mitnehmen, und Sie und ich, wir holen uns irgendwo ein Schinkensandwich und reden, okay?«

»Aber …«

»Nein. Sie bleiben hier, ob es Ihnen gefällt oder nicht.«

Er starrt wieder hinaus in das Schneetreiben. Und schmollt.

Ich kann ihm wirklich keinen Vorwurf machen.

Ein burgunderroter Transporter parkt vor Kilo Mike 2 ein – die Hunde sind da. Das ist mein Signal.

Ich klettere hinaus in die kalte Morgenluft.

HIV. Was für ein prächtiger Start ins Wochenende. Na ja, heute noch, und dann habe ich Urlaub bis Dienstag. Drei Tage lang werden wir die drei Millionen Verwandten abklappern, die wir sonst das ganze Jahr nicht sehen. Weil »alle das Baby sehen wollen«. Verdammt, ich bin sein Vater, und die Hälfte der Zeit will *ich* den kleinen Scheißer am liebsten nicht sehen.

DS Thain wartet am Heck des Hundetransporters auf mich, in schwarzer Einsatzkommando-Kluft, die Maschinenpistole an die Brust gedrückt. »Morgen, Sir.« Er beäugt mein Holzfäller-Kostüm. »Wir sind so weit, wenn Sie's sind.« Er ist einer dieser ehrgeizigen Kollegen, die gar nicht schnell genug die Karriereleiter erklimmen können. Aber er ist ein netter Kerl und auch ein guter Polizist; tüchtig, aber nicht so ein Arschkriecher wie viele von diesen Überflieger-Wichsern. Umso gemeiner ist es, sich über seine roten Haare lustig zu machen.

Aber ich tue es trotzdem. »Mein Gott, Thain, mit Ihrem Kopf ist irgendwas Schreckliches passiert! Ach nee, warten Sie – es sind nur Ihre Haare.«

Er lächelt. »Rutschen Sie mir den Buckel runter, Sir.« Er klingt ein bisschen verstopft, als ob er erkältet wäre.

Ich erwidere das Grinsen. Nach PC Richardson mit seiner schicksalsschweren Aura ist es eine gewisse Befreiung.

DS Thain schnieft. »Wie lautet der Plan?«

»Wir umstellen das Grundstück. Die Hälfte der Truppe hinters Haus, alle anderen vorne. Zwei von jedem Team gehen rein, der Rest wartet draußen für den Fall, dass Black abzuhauen versucht.« Ich blicke zum Haus auf, dann drehe ich mich wieder zum Transporter der Hundestaffel um, wo die schwarze Nase eines Schäferhunds feuchte Kringel auf die Scheibe malt. »Und wir nehmen auch einen der Hunde mit. Für alle Fälle.«

»Sir.« Sein roter Haarschopf leuchtet im Dämmerlicht, als er losmarschiert, um alle auf ihre Posten zu kommandieren.

Ich rufe Stephanie an und frage sie, ob ich ihr irgendetwas aus den Geschäften mitbringen kann, wo ich schon mal da bin. Immer noch bemüht.

Stephanie braucht nichts. Aber es hört sich *fast* so an, als ob sie sich über meinen Anruf freut. Wir plaudern ein bisschen darüber, wer was zu Weihnachten bekommt. Kein Streit. Keine Vorwürfe. Einfach nur zwei erwachsene Menschen, die sich unterhalten. Wer weiß, wenn wir bis Neujahr durchhalten, gibt es vielleicht doch noch Hoffnung für uns. Wir könnten …

DS Thain ist wieder da und hebt den Daumen.

Ich nicke, dann halte ich das Handy ans andere Ohr. »Tut mir leid, muss jetzt Schluss machen. Wir sehen uns um vier.«

»*Ich liebe dich.*«

»Ich dich auch.« Das tue ich nämlich immer noch.

Und dann ist es Zeit, loszulegen.

Denmuir Gardens erwacht langsam zum Leben: Lichter flackern auf in Wohnzimmer-, Schlafzimmer- und Küchenfenstern. Aber nicht in Nummer vierzehn. Dillon Black liegt offenbar noch in den Federn.

Er wird ziemlich unsanft geweckt werden.

»Okay. Bitte vergewissern Sie sich alle, dass Ihr Partner seine schusssichere Weste anhat – wir haben keine Hinweise darauf, dass Black eine Waffe besitzt, aber wir wollen kein Risiko eingehen. Ich rechne damit, dass Black Widerstand leisten wird, aber er ist kein Idiot. Wenn er eine Waffe zieht, knallen wir ihn ab. Wenn er sich wehrt, werden die Hunde ihm den Arsch abbeißen. Es wird ihm nichts anderes übrig bleiben, als schön brav mitzukommen.«

Die Kollegen des Einsatzteams überprüften ihre Heckler-&-Koch-MP5-Maschinenpistolen und ihre Glock-9-mm-Pistolen.

»Leute, ich will, dass alles schön sauber und glatt läuft. Keine Heldenallüren, kein Rumballern aus Spaß an der Freude. Wir gehen rein und wieder raus, und niemand wird verletzt. Verstanden?«

»Ja, Sir«, schallt es mir entgegen, und dann traben sie alle unter vielstimmigem Husten und Niesen auf ihre Positionen. In Oldcastle weiß man immer genau, wann Weihnachten vor der Tür steht, weil dann immer die komplette Tagschicht an Erkältungen und Grippe dahinsiecht.

Thain deutet mit dem Kopf auf den Wagen, in dem Richardson sitzt. »Darf er nicht raus zum Spielen?«

Ich zucke mit den Achseln. »Ihm geht's nicht so gut.«

»Ach nee?« Thain putzt sich die Nase, nur um mir klarzumachen, dass er sich auch nicht allzu rosig fühlt. Sein Pech. Er lädt seine Maschinenpistole durch.

Ich gebe das Signal.

Der Rammbock reißt die Haustür glatt aus den Angeln. RUMMS. Sie fällt in die Diele, begleitet von einem Regen aus Holzsplittern. Drin ist alles dunkel, und kalt ist es auch – die Zentralheizung ist noch nicht angesprungen. Ist ja auch irgendwie sinnvoll: In der Branche, in der Dillon Black arbeitet, gibt es keine geregelten Bürozeiten. Da spielt sich alles nach Einbruch der Dunkelheit auf verlassenen Parkplätzen und in leerstehenden Lagerhäusern ab.

Ich gehe voran, trete in die Diele, während an der Rückseite des Hause ein zweites RUMMS ertönt: Das zweite Team hat sich Zutritt verschafft. Thain und ich stürmen im Dunkeln die Treppe hinauf, geleitet vom Schein der Taschenlampen, die an unseren MP5 befestigt sind.

»POLIZEI! KOMMEN SIE MIT ERHOBENEN HÄNDEN HERAUS!«

Die erste Tür gehört zu einem Bad, die zweite zu einer Abstellkammer voller DVD-Player und Whiskykisten, die dritte zu einem Schlafzimmer – leer –, Nummer vier ebenso. Keine Menschenseele weit und breit.

Thain schwenkt seine Taschenlampe hin und her. »Wo zum Teufel steckt er?«

»Schauen Sie auf dem Dachboden nach, vielleicht haben wir ja Glück.« Aber das glaube ich selber nicht. Dillon Black ist nicht hier.

Auf dem Dachboden ist nur Gerümpel, also durchsuchen wir sämtliche Schlafzimmerschränke und gehen dann wieder nach unten. Am Fuß der Treppe steht ein kleines Grüppchen Constables. Die Hände in den Hosentaschen, die Helme unter dem Arm geklemmt, diskutieren sie über die Frage, ob die Oldcastle Warriors die schlechteste Fußballmannschaft in Schottland sind oder nicht. Und lassen dabei eine Schachtel Zigaretten kreisen. Sie haben auch nichts gefunden.

Thain wirft einen Blick ins Wohnzimmer. »Jemand muss ihn gewarnt haben.«

Wäre nicht das erste Mal.

Ich zuckte mit den Achseln und gehe hinein. Das Zimmer ist ziemlich groß: Breitbildfernseher, teure Stereoanlage, einer der DVD-Player aus dem Geheimlager im

Obergeschoss … aber irgendwas stimmt hier nicht. Die Stühle sind alle zu einer leeren Wand gedreht, in der ein Nagel steckt. Wie um etwas anzuschauen, was da nicht mehr hängt.

Thain dreht sich um die eigene Achse und schnuppert. »Finden Sie nicht auch, dass es hier komisch riecht?«

Na toll. Schlimm genug, dass die Kerle es hinter meinem Rücken tun. Ich hätte nie gedacht, dass Thain so ein Arschloch ist, mich vor versammelter Truppe vorzuführen.

Ich bohre ihm den Finger in die Brust. »Ich kann nichts dafür, okay? Das Baby hat mich heute Morgen vollgekotzt und mir auf den Anzug gepinkelt. Ich hatte keine Zeit zum Duschen! Ihr seid doch alle …«

Mein Handy klingelt. Ich zerre es aus der Tasche. »WAS IST?«

Vom Flur ist ein leises *rrrrritsch* zu hören. Da steckt sich jemand heimlich eine Zigarette an.

Am anderen Ende der Leitung ist es kurz still, dann: »*Sir, hier ist Richardson. Sie müssen da raus.*«

Thain runzelt die Stirn. »Nein, das sind nicht Sie, es ist eher … können Sie Gas riechen?«

»*Sir, ich meine es ernst, Sie …*«

»Herrgott noch mal, *Richardson*, ich sag's Ihnen nicht noch einmal: Bleiben Sie verdammt noch mal im Auto!«

Rrrrritsch.

»*Sir! Sie müssen …*«

Ich erstarre. »Moment mal, was sagen Sie? Gas?« Ich kann nichts riechen, aber das konnte ich noch nie.

Rrrrritsch.

»*Sir?*«

Rrrrritsch.

Auf einmal passiert alles wie in Zeitlupe. Ich nehme jedes einzelne Detail messerscharf wahr: die schlecht rasierte Stelle an Thains Kinn; das Lachen, das vom Flur kommt; die DVD-Hülle der *Muppets-Weihnachtsgeschichte*, die auf dem Teppich liegt; das Geräusch meines eigenen Herzschlags, wie ein Trommelwirbel in meinen Ohren. Wumm, wumm, wumm.

Ich drehe mich um, hole tief Luft. »NEIN!« Und dann fliegt alles

PC Richardson kam nur bis zum Gartentor, bevor das Haus in die Luft flog. Ein ohrenbetäubender Krach, und eine heiße Druckwelle schoss aus dem Wohnzimmerfenster, bombardierte ihn mit Glassplittern und warf ihn flach auf den Rücken. Und dann die Flammen, die über ihm loderten, als er mitten auf dem verschneiten Gehsteig lag.

Er stöhnte. Wälzte sich auf die Seite, hievte sich auf die Knie. So war es nicht geplant!

Ewan Richardson richtete sich taumelnd auf und starrte auf die Überreste von Dillon Blacks Haus. Das ganze Erdgeschoss war weg, und auch ein großes Stück vom Obergeschoss. Der Vorgarten war mit Trümmern von Ziegelsteinen und Holz übersät. Ein Polizeihelm lag in der Mitte des Gartenwegs. Aus der Haustür ragte ein Arm.

Richardson wankte auf das Haus zu und spähte durchs Fenster in das zertrümmerte Wohnzimmer. Überall Blut und dunkelrote Fleischfetzen.

Er stützte sich mit einer Hand an die Wand und erbrach sich in den Schnee.

So war es nicht geplant – *er* hätte als Erster reingehen sollen. Das Licht einschalten …

Niemand sonst hätte zu Schaden kommen sollen. Nur er. In Stücke gerissen, anstatt noch länger dahinsiechen zu müssen und immer kränker und kränker zu werden. Zuzuschauen, wie sein Körper sich langsam selbst umbrachte. ES HÄTTE IHN TREFFEN SOLLEN!

Er sank an der Wand herunter.

Es hätte ihn treffen sollen.

Fröhliches Gedudel kam aus seiner Hosentasche. Er zog das Handy heraus: Sandra. Richardson schaltete es aus, ohne den Anruf anzunehmen, vergrub das Gesicht in den Händen und weinte.

Er sollte eigentlich tot sein – ein schneller und schmerzloser Tod –, dann würde Sandra seine Todesfallversicherung und seine Pension bekommen. Ein großer Batzen Geld, damit sie und die kleine Emma versorgt wären. Als Entschuldigung. Für alles.

Jetzt würde sie nur die 3000 Pfund bekommen, die er von Dillon Black dafür bekommen hatte, dass er ihn vor der Razzia heute Morgen gewarnt hatte.

Das Leben war so ungerecht.

Stuart MacBride

hat in einigen Berufen gearbeitet, bevor er sich dem Schreiben zuwandte. Doch bereits sein erster Roman mit dem Ermittler Logan McRae sorgte in Großbritannien für Furore. Seither ist die Serie mit Schauplatz Aberdeen aus den Bestsellerlisten nicht mehr wegzudenken. Mit »Das dreizehnte Opfer« begann der Autor eine zweite Thrillerserie, in deren Mittelpunkt der Ermittler DC Ash Henderson steht. Stuart MacBride lebt mit seiner Frau im Nordosten Schottlands. Weitere Informationen unter www.stuartmacbride.com/en

Die Logan-McRae-Thriller von Stuart MacBride:

Die dunklen Wasser von Aberdeen · Die Stunde des Mörders · Der erste Tropfen Blut · Blut und Knochen · Blinde Zeugen · Dunkles Blut · Knochensplitter · Das Knochenband · In Blut verbunden

Die Ash-Henderson-Thriller von Stuart MacBride:

Das dreizehnte Opfer · Die Stimmen der Toten

Außerdem erhältlich:

Zwölf tödliche Gaben. Zwölf kurze Weihnachtskrimis (jede Geschichte als ⟨ eBook auch einzeln erhältlich)

⟨ Alle Romane auch als E-Book erhältlich

Nur als ⟨ E-Book erhältlich:

Mit tödlicher Absicht. Zwei E-Book-Only Kurzkrimis mit DS Logan McRae und DI Steel

GOLDMANN
Lesen erleben